U0566161

THE PRIME OF MISS JEAN BRODIE

布罗迪小姐的青春

〔英〕缪丽尔·斯帕克 著

袁凤珠 译

人民文学出版社
PEOPLE'S LITERATURE PUBLISHING HOUSE

著作权合同登记号　图字 01-2018-8948

Muriel Spark
The Prime of Miss Jean Brodie

图书在版编目(CIP)数据

布罗迪小姐的青春/(英)缪丽尔·斯帕克著；袁凤珠译.—北京：人民文学出版社，2022
（20世纪现代经典文库）
ISBN 978-7-02-017482-9

Ⅰ.①布… Ⅱ.①缪… ②袁… Ⅲ.①长篇小说-英国-现代 Ⅳ.①I561.45

中国版本图书馆 CIP 数据核字(2022)第 170398 号

责任编辑　朱卫净　骆玉龙
封面设计　钱　珺

出版发行　人民文学出版社
社　　址　北京市朝内大街 166 号
邮政编码　100705

印　　制　山东新华印务有限公司
经　　销　全国新华书店等

开　　本　890 毫米×1240 毫米　1/32
印　　张　4.5
字　　数　93 千字
版　　次　2022 年 11 月北京第 1 版
印　　次　2022 年 11 月第 1 次印刷

书　　号　978-7-02-017482-9
定　　价　39.00 元

如有印装质量问题，请与本社图书销售中心调换。电话:010-65233595

——你上学的时候对你影响最大的是什么呢？

——是一位踌躇满志、事业正值全盛时期的吉恩·布罗迪小姐。

1

在路边上，几辆自行车一字排开，正好形成一条男女分界线。

这边的男生们手扶车把，正和站在对面的马西亚·布莱恩女子学校的女生聊天，那架势好像准备随时蹬车而去。

女孩子们一色的巴拿马帽子戴得歪歪斜斜，可是不能摘下来，因为这是校规，况且这里离学校很近。根据校方规定，戴帽子通常是后檐向上，前檐向下。可是中学四年级以上的学生如果不按要求戴，只要不歪着戴，校方一般不过问，这五个女生的帽子便戴得各具形态。

平时极少有机会与男生谈话的女生既兴奋又羞涩，她们不由自主地扎成了一堆。

这些女生都属于"布罗迪帮"。在十二岁刚入中学的时候人们就这样讥讽地称呼她们，女校长这样称呼她们还是以后的事。当时人们一眼就能认出她们是布罗迪小姐的学生，因为，正如女校长所说的那样，她们学习了大量脱离学校大纲的科目和与"学府"毫不相干的东西。据说她们不仅知道布克曼主义者①、墨索里尼和意大利文艺复兴时期的画家，还知道护肤膏能滋润皮肤，金缕梅比肥皂加水更能保护皮肤，甚至还懂"月经初潮"这个词。她们

---

① 弗兰克·布克曼（Frank Buchman，1878—1961），美国基督教牧师，于 1921 年在英国牛津大学发起"重整道德运动"，亦称"布克曼主义"或"牛津团契运动"，其信徒被称为"布克曼主义者"。

不但听说过《小熊维尼》一书的作者在伦敦的住宅内部装饰，而且还听说过夏洛蒂·勃朗特和布罗迪小姐个人的浪漫史。她们还知道有个爱因斯坦，还知道怀疑《圣经》的人的观点。她们虽然不清楚弗洛登战役①是什么，芬兰的首都在哪儿，却知道占星术的使用方法。这些布罗迪帮除一人外，都像布罗迪小姐一样，做算术题的时候掰着手指头计算，而且运算结果能和答案八九不离十。

她们升入中学四年级时已经十六岁了，学会了放学以后在学校大门外边转悠。虽然她们对学校的传统势力已经适应，可是她们身上的布罗迪做派依然那么明显。此时她们早已成为学校赫赫有名的人物。这当然不是因为人们喜欢她们，而是因为早已对她们心存疑虑。她们既缺乏集体主义精神，相互之间又没有共同之处，唯一相同的是她们都对吉恩·布罗迪小姐忠贞不渝。吉恩·布罗迪仍然教小学，仍然受到人们相当大的怀疑。

马西亚·布莱恩女子学校是一所走读学校，是十九世纪中叶由一位富有的寡妇捐资修建的。她的丈夫生前是爱丁堡书籍装订商，她生前是加里波第②的崇拜者。她那充满男子气概的画像高悬在大厅的墙上，每逢创立人纪念日，画像前总供奉着不易凋谢的菊花和天竺牡丹。花瓶放在画像下的小讲台上，旁边还摆着一本打开的《圣经》，有一句话专门用红笔标出来："啊，我在何处得以寻到一位高尚的妇人，她的价值远远高于金钱。"

---

① 1513 年 9 月发生于英格兰北部的一场战役，交战双方为苏格兰和英格兰军队。结果英格兰军队获胜，苏格兰国王詹姆斯四世战死。
② 朱塞佩·加里波第（Giuseppe Garibaldi，1807—1882），意大利统一运动领袖，民族英雄。

树下的这几个女生因为有男生在场而肩擦肩互相依偎着。她们都因各自的本领而闻名。就说十六岁的莫尼卡·道格拉斯吧，她的心算本领就小有名气。可是她生起气来就见谁骂谁，那样子可不一般，她的鼻头一年到头都是红的，身后拖着两根又黑又长的辫子，两条腿好像两根木桩。莫尼卡刚满十六岁，她的巴拿马帽戴得比一般人的要高得多，似乎帽子太小，又似乎她明白不论是哪方面她都显得怪异。

罗丝·斯坦利以性感出名。金黄色短发上那顶帽子的戴法并不特殊，可她偏偏要把帽顶两侧向里压进去。

尤妮丝·加德纳长得矮小精干。她那花里胡哨的体操动作和令人眼花缭乱的游泳姿势众人皆知。她戴帽子时总喜欢使前檐上翘，后檐下垂。

桑蒂·斯特林杰则喜欢把整个帽檐往上翻，并且戴得尽量靠近后脑勺。为了不使帽子掉下来，她在上边缝了根松紧带，让带子兜住下巴。她爱咬松紧带，咬断了就换根新的。唯一令她名声不好的是她那双不易被人看见的小眼睛。然而她优美的嗓音全校闻名。在小学的时候，布罗迪小姐就特别喜欢她的好嗓音。"过来给大家朗诵首诗吧，忙了一天大家都累了。"

离开机杼，离开织物，
她走进房间，步履急促。
她看见睡莲盛开，
她看见羽饰盔上栽，

凯米洛特 ① 啊等我来！

"真令人兴奋。"布罗迪小姐总是一边说一边从胸前伸出手向这班十岁的女孩子打着手势，而她们却正竖着耳朵听那"救命"的下课铃声呢。"要是没有丰富的想象力，"布罗迪小姐正告她们，"人类就完结了。尤妮丝，过来翻个跟头，让大家轻松一下。"

眼下这几个男孩子正扶着车，兴高采烈地说着珍妮·格雷的坏话，说她从演讲课上学来的说话方式如何难听。她是桑蒂的密友，打算将来当演员。她总是把帽子前檐拉得很低。布罗迪帮里数她长得最漂亮，招人喜爱，她也以此出名。"别讨人厌了，安德烈。"她抬高调门说。五个男孩子里有三个叫安德烈的，这三个安德烈一同学着珍妮的腔调说："别讨人厌了，安德烈。"他们惟妙惟肖的模仿惹得这群头戴巴拿马帽的姑娘哈哈大笑起来。

这时，帮里最后一位成员玛利·麦克格里戈走了过来。大家都知道她一向少言寡语，也没有人把她放在眼里，谁都可以斥责她。与她同来的是个帮外的姑娘，名叫乔伊斯·艾米丽·海蒙德。乔伊斯可是个有钱人家的姑娘，是她们眼中的少年犯。她最近才被送到布莱恩学校来，这可是最后一次尝试了，因为没有任何一所学校，没有任何一个女校长能对付得了她。她还穿着原来学校的绿校服。其他人的校服是深紫色的。到目前为止她干得最过分的事也不过是向正在教唱歌的老师身上掷纸飞机。她坚持用双名

---

① 传说中亚瑟王的宫殿所在地。

乔伊斯·艾米丽当名字。乔伊斯·艾米丽一直想挤进这个著名的布罗迪帮里来，她认为她的名字很响亮，肯定会提高它的身价。实际上她的名字并没帮上她的忙。她始终闹不清她们为什么不要她。

乔伊斯·艾米丽朝学校大门的方向边点头边说："老师来了。"

两个安德烈掉转车头飞也似的蹬车而去。另外三个男孩子则逆反地留了下来。他们抬头朝天上望去，像是正在欣赏彭特兰山上空的浮云。女孩们则聚到一起像是在开讨论会。"下午好，"布罗迪小姐走近他们时说，"好几天没见你们了。我想咱们还是别扣押这些年轻人和自行车了吧。你们好啊，小伙子们。"这帮姑娘都随她去了，乔伊斯这个新少年犯跟在她们后边。"我好像还没有见过这个新来的姑娘。"布罗迪小姐说着，仔细审视了一下乔伊斯。她们做了介绍后，布罗迪说："啊，亲爱的，我们必须走了。"

桑蒂朝后边看了看，只见乔伊斯·艾米丽正朝相反的方向走去，修长的双腿任性地边走边蹦，那动作与她的年龄极不相称。布罗迪帮则又像六年前她们童年时期那样退到了她们的秘密之中。

"我正在往你们幼稚的头脑里灌输大人的思想，"布罗迪小姐那时对她们说，"我所有的学生都是人中之杰。"

桑蒂跟在布罗迪小姐身后，用她那双眯缝着的小眼睛瞅着莫尼卡红红的鼻头，想起了当年那句话。

"明天晚上我请你们吃饭，"布罗迪小姐说，"保证都来噢。"

"戏剧社……"珍妮喃喃地说。

"找个理由不去，"布罗迪小姐说，"又有了一个新的让我下台的阴谋，我必须和你们商量一下怎么对付它。不用说我是决不下台的。"她像往常一样，讲话时语调平和，但是很有分量。

布罗迪小姐从不与同事讨论自己的事，而只同她过去满怀信心培养出来的学生商量。过去也曾有过企图使她离开布莱恩的阴谋，但都化作了泡影。

"有人再次建议我去进步学校申请一份工作，因为我的教育方法在那里比在布莱恩更合适，可我决不到一所狂热学校去申请工作。我就留在这所教育工厂里。这里所需要的是往面团里加酵母。只要给我一个处在可塑年龄的女孩子，那她一生都将是我的了。"

布罗迪帮的姑娘们个个面带微笑，她们从不同的方面理解这些话的意思。

布罗迪小姐竭力使她那褐色的眼睛闪着光芒，深邃的目光伴随着她平静的语调，阳光下她的浅棕色皮肤的侧影使她显得坚强有力。整个布罗迪帮从没有怀疑过她能闯过这一关。她们知道盼着布罗迪小姐去狂热学校谋职比盼着恺撒大帝去还难呢。她绝不会下台。校方若想赶走她，除非将她杀了。

"这又是哪一伙人？"以性感出名的罗丝问。

"明天晚上咱们再讨论反对我的那伙人，"布罗迪小姐说，"但不管怎么说，他们绝不会成功。"

"不错，"姑娘们异口同声地说，"他们当然不会成功的。"

"在我的盛年他们绝不会成功，"她说，"我正处在事业的全盛时期。认识自己的全盛期很重要，要常常记住这一点。电车来了，我敢说上面没有我的座位。现在是一九三六年，骑士时代已经成为历史。"

六年前，布罗迪小姐经常带领她的新班到花园里的一棵大榆树下上历史课。有一次她们穿过走廊时，经过女校长的书房。房门大开，室内空无一人。

"小姑娘们，"布罗迪小姐说，"进来看看这个。"

她们挤在门口，她指给她们瞧一张大招贴画，那张画用图钉钉在对面墙上，画的是一张男人的大脸，下面有一行字："安全第一"。

"这是斯坦利·鲍德温。他当上了首相，时间不长就下台了，"布罗迪小姐说，"麦凯小姐把它钉在墙上是因为她相信'安全第一'这句口号。可是安全并不是第一位的。真、善、美才是第一位的。跟我走吧。"

这是布罗迪小姐第一次向姑娘们暗示她与其他老师之间的分歧。说实在的，她们中的一些人是头一次知道被校方首领拢在一起的大人们竟也会有不完全一致的看法。她们将这些事听在耳里，记在心中。她们兴奋地意识到自己已属于一个将要受谴责的阵营，但又不至于遭受危难，因此觉得挺兴奋。于是她们便尾随着危险的布罗迪小姐来到那棵榆树安全的护荫下。在那个阳光明媚的秋天里，只要天气允许，小姑娘们便坐在榆树下那三张长凳上上课。

"拿起书来，"布罗迪小姐常说，"你们都把书捧起来，防着点外人。要是有外人过来，咱们就说在念历史……诗歌……语法。"

小姑娘们手捧着书本，目光却都集中在布罗迪小姐那里。

"我要给你们讲讲我暑假去埃及度假的事……还要谈谈如何保护皮肤和手……还有我在去比亚里茨 ① 的火车上遇见的那个法国人……还有，我必须讲给你们听我在意大利见到的那些画。谁是意大利最伟大的画家？"

"莱奥纳多·达·芬奇，布罗迪小姐。"

"不对，答案是乔托 ②，他是我最喜欢的画家。"

有的时候桑蒂觉得布罗迪小姐的胸部平得像她的背，没有任何隆起的部分，而在另外一些时候又见她的乳房突出，十分显眼，这只有在她讲课时才会发现。布罗迪小姐在室内讲课时总是站得笔直，把头高高昂起，两眼望着窗外。桑蒂听讲时透过那双小眼睛盯着她，就像听圣女贞德讲话一样。

"我曾不止一次地告诉过你们，我事业的全盛期到了。这个假期更使我坚信，我事业的全盛期真正开始了。一个人事业的全盛期是很容易被忽略的。你们，孩子们，长大以后，一定要时刻留意自己事业的全盛期。它可能出现在你们一生中的任何时候。你们必须充分利用这个时期，创造出辉煌的业绩。玛利，你桌子下面是什么？你在看什么？"

玛利像堆泥似的坐在那儿，笨得连撒谎都不会，她不知道该如何掩饰才对。

"挺逗乐儿，布罗迪小姐。"她说。

"你是说有一个喜剧演员，或者一个小丑？"

---

① 法国大西洋沿岸海滨度假胜地。

② 乔托（Giottodi Bondone，1276—1337），文艺复兴初期意大利著名画家、雕塑家、建筑师。

其他女孩们窃笑起来。

"是连环画。"玛利说。

"连环画,可不是嘛。你几岁了?"

"十岁,夫人。"

"都十岁了,不该看连环画了。把它给我吧。"

布罗迪小姐看了看连环画说:"《老虎蒂姆》,可不是嘛。"说完,她把它扔进了废纸篓。这时她见一双双眼睛都在盯着那本连环画,便又捡起画册把它撕个粉碎,扔进篓子里。

"听我说,姑娘们。一个人生下来就是为了使自己的事业灿烂辉煌,既然我的辉煌时期已经来了——桑蒂,你走神儿了。我刚才说什么了?"

"您的辉煌时期,布罗迪小姐。"

"留点神,"布罗迪小姐说,"要是下一节课有人过来,可别忘了说是语法课。我要讲点我生活的私事,那是比我现在年轻得多的时候,虽然我比他大六岁。"

她把身子靠在榆树上。这是秋天的最后一天,一阵风刮来,树叶纷纷落下。孩子们喜欢落叶,因为可借此机会挪一挪身子,把树叶从头发和腿上掸掉。

"那是既混乱又令人陶醉的年代。我和一个青年在战争 ① 初期订了婚,可是他后来战死在佛兰德斯战役里,"布罗迪小姐说,"桑蒂,你是想洗衣裳了吗?"

———————————————

① 指第一次世界大战。

"没有，布罗迪小姐。"

"因为你把袖子挽了上去。不管天气有多热，我也不允许女孩子把上衣的袖子卷起来。马上给我把袖子放下来，我们可是文明人。他是在宣布停战前一个星期战死的。那时他才二十二岁，就像一片秋天的树叶凋落了。我们回到教室里可以在地图上找找佛兰德斯，看看我亲爱的人在你们出生以前就死去的地方。他是乡下人，很穷，生在艾尔郡，可他既勤劳又聪明好学。他向我求婚的时候对我说：'我们将喝白水慢行路。'这是那个地方的人常说的话，说的是要过清静的生活。'我们将喝白水慢行路'这句话是什么意思，罗丝？"

"是说你们要过清静的生活，布罗迪小姐。"罗丝·斯坦利说。就是这个罗丝，六年以后有了富于性感的名声。

校长麦凯小姐从草坪上走过来的时候布罗迪小姐还在讲她的未婚夫战死的故事。这时泪水已从桑蒂的小眼睛里夺眶而出，她的眼泪感染了她的朋友珍妮，她抽泣着动了动腿，伸手从兜里掏出一条手绢。珍妮后来是校内公认的漂亮姑娘。"休死了，"布罗迪小姐说，"停战前一周死的。后来举行大选时人们都说'吊死独裁者'！休躺在坟墓里，成了森林里的一朵花。"罗丝·斯坦利哭起来。桑蒂将泪眼转向一旁，正看见麦凯探头探脑地从草坪上走过来。

"我来看看你们，马上就走，"她说，"你们这些小姑娘哭什么？"

"她们被我讲的故事感动了。我们在上历史课。"布罗迪小姐说着，敏捷地用手抓住了一片下落的榆树叶。

"十岁了还为一个故事哭！"麦凯小姐说。女孩子们慢慢地从长凳上站起来，她们仍被勇士休的事迹震撼着。"我只是来看看你们，马上就走。好啦，姑娘们，新学期开始了。希望你们都过了一个愉快的暑假，我还等着看你们写的关于暑假的好文章呢。你们已经十岁了，可不该再为历史哭鼻子。记住我的话！"

"你们做得不错，"麦凯小姐离开后，布罗迪小姐说，"没有回答她的问题。这就对了，遇到难题时就一言不发，不置可否。说话是银，沉默是金。玛利，你在听我说吗？我刚才说的什么？"

玛利·麦克格里戈一堆泥似的坐在那儿，像个雪人似的只看见眼睛、鼻子和嘴。她后来成了众所周知的蠢丫头和大家的出气筒。二十四岁时她在一场旅馆大火中丧生。这时她鼓起勇气说道："金子。"

"我说什么是金子？"

玛利环顾一下四周，听见桑蒂悄声说："落叶。"

"落叶。"玛利说。

"很明显，"布罗迪小姐说，"你没听我说。你们这些小孩子，只要你们真听我的话，我就会把你们变成人杰中之人杰。"

2

　　玛利·麦克格里戈已经进入人生第二十四个年头。她始终没有明白为什么吉恩·布罗迪对学校任何人的信任都不及对自己这伙学生的信任。就连自己的浪漫史她也只对这几个姑娘讲。诚然，玛利·麦克格里戈一直都挺喜欢布罗迪小姐的，可是也从没想过她有多么重要。第二次世界大战爆发的第二年，她参加了妇女皇家服务队。由于她笨手笨脚的，什么都干不了，时常受到批评。后来发生了一件事，使她痛不欲生。她有一个男朋友，是第一个也是最后一个。他是位下士，可是与她相爱才两个星期便抛弃了她。有一次他没有到约定的地点与她约会，而且再也没有来找过她。她此时此刻回忆起往事，想起小时候布罗迪小姐经常给她们讲一些与这个世界毫无关系的故事，才意识到那是她一生中最幸福的日子，除此之外，她再没有快活过。这个念头也只是一闪而过。长大以后她再也没有见过布罗迪小姐。她克服了失恋的痛苦后又恢复到一贯的混沌状态，直到被大火烧死。二十四岁时，她请假去坎伯兰，住在一家旅馆里。旅馆着起大火，玛利·麦克格里戈在越来越浓烈的烟雾中顺着过道来回跑，可是不管跑到哪一头，都被烈火阻挡。她听不见呼叫声，因为大火的轰隆声压倒了一切声音。浓烟呛得她喊不出来。当她再次转身往回跑时被一个人绊倒，就再也没起来。然而二十世纪三十年代初期，在她十岁那年，她正呆呆地坐在布罗迪小姐的学生中间呢。

"是谁把墨水洒在地上了——是你吗，玛利？"

"我不知道，布罗迪小姐。"

"我敢说就是你。我还从来没见过像你这样笨的孩子呢。哪怕你对我说的一点不感兴趣，也请你装出点喜欢听的样子来。"

恰恰是这些日子使玛利·麦克格里戈长大以后感到，那才是她一生中最幸福的时刻。

桑蒂·斯特林杰也认为那几年是最幸福的日子。她在十岁生日那一天将这感受告诉了好友珍妮·格雷。那天她请珍妮喝下午茶。晚饭最好吃的东西是菠萝块加奶脂，而那一天最高兴的事是大人没管她们。桑蒂平时很少吃菠萝，她觉得它的味道很纯正，样子看上去就喜人。她先用两只小眼睛死死盯住那淡黄色的方块，然后才大口大口地往嘴里送，舌头舔到菠萝时那股酥酥的感觉使她有一种说不出的快乐。这种快乐感觉不是因为吃到了好东西而产生的，也不同于玩耍时在不知不觉中得到的那种欢乐。她们俩先把菠萝吃光，留着奶脂最后大口地吃了个痛快。

"小姑娘们，你们将成为人中之杰。"桑蒂说。珍妮听了憋不住想笑，只好把奶脂吐到手绢上。

"你知道吗？"桑蒂说，"这些日子可能是我们这一辈子最快乐的日子呢。"

"可不，她们都这么说，"珍妮说，"她们说，上学的时候能高兴就高兴，因为你根本说不清将来会发生什么事。"

"布罗迪小姐说人生事业的全盛期是最好的。"桑蒂说。

"是的，可她从来没结过婚，不像别人的妈妈爸爸那样。"

"那些人没有全盛期。"桑蒂说。

"他们会做爱。"珍妮说。

两个小姑娘沉默了，因为那可是件非同小可的事，而且直到最近她们才多少明白了一点。那件事的说法和含义对她们来说是全新的，也是令人难以置信的。过了一会儿，桑蒂说："劳埃德先生上星期有了个孩子。他肯定和老婆做过爱。"她们谈起这种事觉得有点不好意思，于是便用粉红色餐巾捂住脸尖声笑个不止。劳埃德先生是高年级的艺术老师。

"你能猜到是怎么做爱的吗？"珍妮小声说。

桑蒂的眼睛本来就不大，现在眯得更小了，试图想象出点什么来。"他肯定穿着睡衣。"她小声答道。

她俩想起一条胳膊的劳埃德严肃地走进教室的模样，笑得前仰后合。

珍妮说："只有在冲动的时候才干那种事。就这么回事。"

珍妮的消息是可靠的，因为人们发现，她爸爸的杂货店雇的那个女孩子最近怀了孕，珍妮从人们的闲言碎语里星星点点知道了些这方面的事。她把自己知道的事告诉桑蒂以后，她们便开始探讨这件事，还管这叫"研究"。于是她们便将记忆里听别人讲过的话与大词典里的解释拼凑在一起。

"其实只是一眨眼的工夫，"珍妮说，"蒂妮那天和她的男朋友到帕多基散步的时候就把那种事干了。后来他们就不得不结婚了。"

"这么说不等他们把衣服脱下来，冲动就过去了。"桑蒂说。她用的是"衣服"这个词，毫无疑问她是指内裤，可是说"内裤"太粗俗了，与正在讨论的科学内容不相符。

"是的，我不明白的就是这一点。"珍妮说。

桑蒂的妈妈在门口往里看了看说："玩得好吗，亲爱的？"她身后是珍妮的妈妈。"那还用说，"珍妮的妈妈看着饭桌说，"她们一直在吃呀！"

桑蒂觉得珍妮的妈妈太看不起她们，好像她们除了吃不知道别的似的。

"你们现在想干什么？"桑蒂的妈妈问。

桑蒂目光里隐藏着愤怒，她看了看她母亲，意思是：你保证过不管我们的，保证就是保证，你也知道对一个孩子失信有多糟糕。你今天失信于我可能会毁了我的一生，因为今天是我的生日。

桑蒂的妈妈带着珍妮的妈妈一同退了出去。"由她们去吧，"她说，"好好玩吧，亲爱的。"桑蒂的妈妈是英格兰人，所以叫她"亲爱的"，不像爱丁堡的妈妈们管孩子们叫"宝贝儿"。这常常使她感到难堪。桑蒂的妈妈有件华丽的冬大衣，上面装饰着狐皮，那样式跟约克公爵夫人的一样。别的妈妈们只穿粗花呢，顶多是麝鼠皮的，而且一辈子只有那么一件。

天一直下着雨，地面太湿，她们没法接着玩挖个洞到澳大利亚去的游戏，于是便把堆满餐具的饭桌抬到墙角去。桑蒂把钢琴凳的上盖打开，从两捆乐谱中间抽出一个笔记本。笔记本上写着：

《高山房舍》

作者：桑蒂·斯特林杰　珍妮·格雷

这是一个尚未完成的故事，写的是布罗迪小姐的情人休·卡路特斯。他并没有死在战场，说他死了是电报出的差错。战后他回来了，并且到学校找过布罗迪小姐。他遇到的第一个人是校长麦凯小姐。她对他说布罗迪小姐不想见他，还说她另有所爱了。休听说后痛苦地狂笑起来，然后便到一座山里建房住了下来。一天，桑蒂和珍妮在山里发现了身穿夹克的休。到目前为止，故事情节发展到休把桑蒂扣为人质，珍妮趁着夜色逃了出来，在黑暗中寻找下山的路。休正要追赶她。

桑蒂从餐具架下的抽屉里拿出一支铅笔接着写道：

"休！"桑蒂恳求地说道，"我对上帝发誓，布罗迪小姐从来没有爱过别人。她一直在山下等你，在她的全盛时期为你祈祷，希望你能回来。你要是能让珍妮回去的话，她就会把你的情人吉恩·布罗迪带到你身边，你就可以亲眼看看她，拥抱她。她等你已经等了十二年多了。"

休黑亮的眼睛在茅舍的油灯下闪闪发光。"快回去，姑娘！"他叫道，"别碍我的事。我就知道，你的朋友要回去把我的住处报告给我从前那个骗子未婚妻。我就知道你们俩是她派来的奸细，这样一来她就可以继续骗我。你听见了没有！"

"就不！"桑蒂说完，用柔弱的身体挡住门，用胳膊当门闩。她睁大的双眼闪烁着光芒。

桑蒂把铅笔递给珍妮说："该你了。"

珍妮写道：他用力把她一下子推到了屋子另一头，大步流星地走进月光下的雪地里。

"把他的皮靴写进去。"桑蒂说。

珍妮便写道：他的高筒皮靴在月光下闪闪发亮。

"'月光'这个词用得太多了，"桑蒂说，"不过没关系，等发表的时候再说吧。"

"嘿，这可是个秘密呀，桑蒂！"珍妮说。

"我知道，"桑蒂说，"别担心，不到我们的全盛时期是不会拿去发表的。"

"你说布罗迪小姐和休做过爱吗？"珍妮问。

"那她就该有孩子了，不是吗？"

"我不知道。"

"我想他们不会干那种事，"桑蒂说，"他们的爱情超过了那种事。"

"布罗迪小姐说他最后一次请假回来的时候他俩不顾一切地抱在一起了。"

"可我猜他们没脱衣服，"桑蒂说，"你说呢？"

"我想也是。"珍妮说。

"我可不想做什么爱。"桑蒂说。

"我也不想。我要嫁给一个纯正的人。"

"吃块太妃糖吧。"

她们便坐在地板上吃起糖来。桑蒂往火里加了点煤,火苗蹿起来,映在珍妮的发卡上。"我们在火边玩女巫游戏吧,就当是过鬼节。"

黄昏里她俩边吃糖边坐着念巫咒。珍妮说:"博物馆里有座希腊神像,光着身子站着。是上个星期六下午看见的,可我是跟着凯特姨妈去的,没有机会好好看看他。"

"咱们下个星期天去博物馆吧,"桑蒂说,"这可是一项研究活动。"

"你妈让你一个人和我去吗?"

桑蒂外出不能没有大人陪着,这可是无人不晓的。她说:"我想她会让的。也许我们能找个人带我们去。"

"我们去找布罗迪小姐。"

布罗迪小姐经常带学生去博物馆,找她应该是可行的。

"可是,"桑蒂说,"要是那个雕像光着身子,她就不让我们看了。"

"我想她不会留心雕像是不是光着身子,"珍妮说,"那个小东西她看不见的。"

"我知道,"桑蒂说,"布罗迪小姐对干小事情不怎么感兴趣。"

珍妮该跟妈妈回家了。她们要在爱丁堡十一月云团密布的晚霞里坐电车穿过狄恩河桥。桑蒂隔着窗户向外招招手，心想珍妮是否也有过着双重生活的体会，这体会使她的生活充满了连百万富翁都遇不到的难题。百万富翁都过着双重生活。晚报像响尾蛇一样啪的一声滑进了信箱，家里一下子充满了傍晚的气氛。

三点四十五分，布罗迪小姐正在班上给同学们朗诵诗，为的是在她们回家以前提高她们的思想境界。她眯着双眼，高抬着头：

> 狂烈的东风呼啸，
> 宽宽的溪流哀鸣；
> 枯黄的树林衰败，
> 凯姆洛特低压的天穹
> 雨落不停。

桑蒂紧闭双唇，眯着小小的灰眼睛望着布罗迪小姐。

罗丝·斯坦利不停地抽着运动衣带子上的线。珍妮微张着嘴，完全被这首诗吸引住了，她对诗从不感到厌倦。桑蒂也不感到厌倦，但她必须用自己特有的过双重生活的方式才能使自己不厌倦。

> 她走过来，在柳荫下，
> 找到扁舟一叶，

在船的四周她写道：

本夫人来自夏洛特。

桑蒂紧闭双唇，心中问道："夫人是用什么写的字？"

"恰好在长满草的河边有一罐白油漆和一把刷子，"夏洛特的夫人彬彬有礼地答道，"肯定是哪位粗心大意的失业者忘在那儿的。"

"天哪，就在那么大的雨里！"桑蒂想说点更有趣的。这时布罗迪小姐的声音冲破天花板，萦绕在楼上高中女生的脚边。

夏洛特的夫人把一只白手放到桑蒂的肩上，凝视着她，似要在她身边坐下。"那个女子如此年轻如此美貌，爱情必遭不幸！"她用悲怆的语调说道。

"这些话是什么意思？"桑蒂恐惧地叫道。她的两只小眼睛盯着布罗迪小姐，双唇紧闭。

布罗迪小姐说："桑蒂，你哪儿不舒服吗？"

桑蒂吓了一跳。

"你们这些孩子呀，"布罗迪小姐说，"必须培养自己泰然自若的表情。这是一个女人最宝贵的财富，不管面对顺境还是逆境都要表现得泰然自若。看看那边那幅蒙娜丽莎的肖像吧！"

所有的脑袋都转向那幅肖像。那是一件复制品，是布罗迪小姐旅行时带回来钉在墙上的。不惑之年的蒙娜丽莎微笑得多么泰然自若，尽管她刚刚看过牙医，下巴还肿着呢。

"她的微笑是永恒的。你们要是从七岁开始让我来管就好了。

有的时候我担心是不是太晚了。要是你们七岁就到我这儿来，你们已经成为人中之杰了。桑蒂，过来读几节诗，让大家听听你发的元音。"

桑蒂是半个英格兰人，大部分元音都读得很好。这是她唯一的好名声。罗丝·斯坦利这时还未以性感出名，是尤妮丝·加德纳而不是她手持《圣经》到桑蒂和珍妮面前，让她们念"婴儿在她子宫内蠕动"。桑蒂与珍妮说她肮脏，还威胁说要告发她。珍妮的美貌已经出名了，她还有副好嗓子，所以音乐课上听她唱"来吧，看看春天金子般的心……"时，娄赛先生总是赞赏地盯着她瞧，并且大胆地抖动她那长长的鬈发。因为每逢音乐课布罗迪小姐都和她的学生在一起，他总是用手摇摇她的鬈发，再看看布罗迪小姐，像小孩玩弄自己的把戏一般，又像是在试探布罗迪小姐，看她是否对他这种非爱丁堡式的做法予以认可。

娄赛先生是个小个子，上身长下身短，长着红棕色的头发和胡子。他屈起手放到耳后，把头伸到每个女孩子嘴边听她们发声。

"唱'啊——'。"

"啊——"珍妮又高又纯的声音就像那位赫布里底群岛美人鱼的声音一样。桑蒂常常把她挂在嘴边。这时珍妮把目光投向桑蒂，与她的视线相遇。布罗迪小姐领着姑娘们走出教室后把她们集合在一起说："你们这些女孩子就是我的命根子，即使明天皇家纹章大臣向我求婚我也会拒绝的。我在我的盛年所做的一切都是为了你们。现在请排成一行，走路时把头抬起来，再抬高一点儿，要具有高尚女人的风采，就像西比尔·桑代克①一样。"

桑蒂走在队列里，头向后仰，长着雀斑的鼻子直刺上方，两粒豆子般大小的眼睛瞪着天花板。

"你干吗呢，桑蒂？"

"学西比尔·桑代克呢，夫人。"

"你呀，桑蒂，早晚会出问题的。"

桑蒂觉得受到了伤害，但不明白为什么。

"是的，"布罗迪小姐说，"我一直在看着你，桑蒂。我看到了你轻浮的本性，只怕你永远也成不了出类拔萃的人物，成不了人们说的人中之杰。"

回到教室后，罗丝·斯坦利说："我的上衣弄上墨水了。"

"去实验室把墨水抹掉，可要记住，那么做对绸子有害。"

有的时候小女孩们会故意往衬衣上弄点墨水，为的是借此机会到中学的实验室里去一趟。那里有个神采奕奕的教员，她就是洛克哈特小姐。她穿一件白大褂，短短的波浪形头发向后梳，脸部皮肤黝黑，像个被风吹日晒的高尔夫球手。她先从大玻璃瓶里往一块棉毛织物上倒一点白色液体，然后一声不吭地扶着姑娘的胳膊，全神贯注地用那块布擦去袖子上的墨点。罗丝带着衣服上的墨点去实验室完全是因为在教室里待腻了，而桑蒂和珍妮每四个星期便小心翼翼地往衣裳上弄点墨水，纯粹是为了能让洛克哈特小姐摸摸她们的胳膊，因为她们觉得在这间充满古怪气味的屋

---

① 西比尔·桑代克（Sybil Thorndike, 1882—1976），英国著名女演员。

子里不管她走到什么地方，她身体周围半英尺以内都带着一股清新的空气。好像她天生就属于这间大房子。可是，当桑蒂见她身穿方格粗呢外衣从学校出来向她的跑车走去时，便觉得她好像失去了某些特有的东西，又与普通教员一样了。在桑蒂看来，洛克哈特小姐和她的实验室是那么神秘：她周围是一排长长的工作台，上面摆放着瓶瓶罐罐，里面盛有五光十色的晶体、粉状物与液体，这些化学物呈赭石色、金属灰色和钴蓝色，连那些玻璃器皿也是奇形怪状的，有球茎状的，有的上面还带着管子。桑蒂虽然常去实验室，却只有一次碰到有学生在里边上课。只见年龄大的女生们——有的胸部明显突出——成双成对地站在操作台前，台上的煤气喷头在燃烧。她们将装满绿色液体的玻璃试管在火焰上来回晃动，几十只绿色试管在工作台的火焰上跳舞。长长的实验室外，光秃秃的树枝不时地敲打着玻璃窗，再往远看便是那通红的大太阳贴在冰冷的天空上。桑蒂怎么也忘不了这件事，每当想起往事时，这次感受仍使她觉得学校生活是她一生中过得最愉快的时光。她将她见到的令人振奋的消息告诉了珍妮，并且说上中学肯定是再好不过的事，还说洛克哈特小姐长得很美。

"实验室里的女生们想做什么就做什么，"桑蒂说，"她们就是那么上课的。"

"咱们在布罗迪小姐的课上也是想做什么就做什么，"珍妮说，"妈妈说布罗迪小姐给我们的自由太多了。"

"她那不是给我们自由，是给我们上课，"桑蒂说，"可是在实验课上人们本来就是自由的，是老师允许的。"

"反正我喜欢上布罗迪小姐的课。"珍妮说。

"我也喜欢，"桑蒂说，"她更喜欢教给我们一般的常识，这是妈妈说的。"

反正都一样，去实验室始终是桑蒂的秘密享受。为了使布罗迪小姐相信她衣服上的墨污不是故意弄的，她仔细计算着从这一次到下一次中间相隔的时间。洛克哈特小姐总是抓住她的手臂轻轻地擦去袖子上的墨水点，而她则站在那里，为长长的实验室内井然有序的神奇景致所陶醉，而这里理所当然是科学教师待的地方。音乐课后，罗丝·斯坦利到实验室去洗墨污去了，这时布罗迪小姐开始对班上的同学讲话。

"你们用墨水时必须更加小心。我可不允许我的学生像这样不住地往实验室里跑。我们必须保持好名声。"

她又说："艺术比科学更伟大。艺术第一，科学第二。"

在地理课上，黑板上挂起一张挺大的地图。布罗迪小姐用教鞭指着阿拉斯加的位置，但回过头来却对大家说："艺术与宗教第一，其次是哲学，最后才是科学。这就是人生中各大领域的顺序，是从重到轻的顺序。"

这是这个班与布罗迪小姐在一起的两年中的头一个冬天。时间到了一九三一年。布罗迪小姐已经挑选了她喜欢的学生，或者说她可以信赖的学生，或者说这些学生的家长可以信赖，他们不会抱怨她较先进的启发式教学方法。有的家长因为过于开明而不会抱怨，要么因为过于愚昧而不知道抱怨，还有的家长因为孩子可以在用捐赠的钱兴办的学校里受教育而受宠若惊，从而不敢抱怨，要么是因为学校的名气太大，对他们的孩子在这样的学校所学的内容的价值过于信任或过于怀疑而无法抱怨。布罗迪小姐常把她的得意门生们带到她家里喝茶并嘱咐她们一定要保守秘密。她们深得她的信任，她们不但了解她的私生活，还了解她与校长及其同伙之间的摩擦。她们知道布罗迪小姐正是为了她们才给自己的事业带来了种种麻烦。"在我事业的全盛时期，一切都是为了你们——我的心腹。"这便是布罗迪帮的开端。尤妮丝·加德纳刚开始时十分沉默，不知道布罗迪小姐为什么会吸收她入帮，可是在茶会上有许多乐呵事，还能在地毯上翻跟头，她终于喜欢上大伙儿了。"你是个爱丽儿①。"布罗迪小姐说。后来尤妮丝的话多了起来。礼拜天她不准翻跟头，因为布罗迪小姐像爱丁堡其他处女们一样具有自己的怪习惯。尤妮丝·加德纳只能在星期六聚会前在地板上翻，或者茶后在布罗迪小姐厨房里的油毡地板上翻，这个时候有的姑娘刷盘子洗茶杯，别的人一边往碗橱里传那个已经空了的蜂蜜罐，一边忙着舔刮了蜜罐的手指头。二十八年以后，尤妮丝已经是个护士，嫁给了一个大夫。一天晚上她对丈夫说：

"明年咱们去艺术节的时候——"

"什么？"

她正织着一块毛线垫子，费力地拔着针。

"什么？"

---

① 莎士比亚《暴风雨》中的精灵。

"咱们去爱丁堡的时候,"她说,"提醒我给布罗迪小姐扫扫墓。"

"布罗迪小姐是谁?"

"我的一个老师,知识渊博。她一个人顶得上一个爱丁堡艺术节。她常请我们去她的住处喝茶,给我们讲她的辉煌。"

"什么辉煌?"

"她在事业全盛时期的生活。有一次她出去旅行爱上了一个埃及信使,这是回来以后她对我们讲的。她有几个要好的学生,我是其中的一个。每次我劈叉的时候她都高兴得直笑,你知道吗?"

"我早就知道你少年时期的教育有些不正常。"

"其实她根本不狂,她和大家一样头脑清醒。她完全知道自己在做什么,她还把她的爱情生活讲给我们听了。"

"让我听听。"

"啊,说来话长。她始终没结婚。我必须带上花去给她扫扫墓——我能找到她的坟吗?"

"她什么时候死的?"

"刚打完仗。她已经退休了。她的退休本身就是一场悲剧,是被迫提前退休的。校长从来就不喜欢她。关于她退休的事要说的可多着呢。有一个她圈子里的姑娘背叛了她,是布罗迪帮的一个成员。我一直没有弄清到底是谁。"

现在该谈谈布罗迪小姐领着她的那帮姑娘在爱丁堡老区散步的事了。那是三月的一个星期五,学校的供热系统坏了,其余的学生都包得严严实实地回了家，她们这几个人穿着深紫色大衣，戴着插有绿色或白色羽饰的天鹅绒黑帽子出去散步。刺骨的寒风从佛斯湾刮来，天空浓云密布。珍妮回家了，玛利·麦克格里戈与桑蒂并排走着。莫尼卡·道格拉斯——就是后来以心算法出名的姑娘——因为生气而走在她们后面，通红的脸上显出宽大的鼻子，两根粗辫子垂在帽子下面。她穿着黑袜子的腿更像木桩了。罗丝·斯坦利走在她旁边。她的个子很高，金发，白皮肤，目前还没有以性感而出名。她谈话的内容尽是男孩子爱说的火车、吊车、汽车以及金属智力拼装模型等。她倒不是对机械动力感兴趣，但她叫得出它们的名字，能说出来哪些部件是什么颜色的，如何组装汽车及马力该有多大，还能说出各种拼装模型的价格。她特别喜欢翻墙爬树，她十一岁的时候像个假小子，不过还没有改变她的女孩气质。她对上述那些玩具的肤浅认识使她后来有好几年都与男生相处得很好。那些知识像是她特意为此而学的似的。

布罗迪小姐走在罗丝的身旁。她像西比尔·桑代克一样高昂着头，弯弯的鼻子流露出高傲的神气。她身穿宽大的棕色粗呢大衣，海獭皮领子系得紧紧的，棕色毡帽的帽檐一边高一边低。走在布罗迪小姐后面的是尤妮丝·加德纳，她走在全队的末尾。二十八年后，就是她说"我必须去给布罗迪小姐扫扫墓"。她走一步跳一下，看样子她甚至会在人行道上跳起足尖舞来，惹得布罗迪小姐不停地回头说："老实点，尤妮丝！"她还不时地停下来等等尤妮丝。

桑蒂正在读《绑架》[①]，此时正在心里与书中主人公艾伦·布莱克交谈。这样做她感到很高兴，可以避免与玛利·麦克格里戈说话，因为没有必要与玛利说话。

"玛利，你可以小声与桑蒂说说话。"

"桑蒂不愿意和我说话。"玛利说。就是这个玛利，日后在一场旅馆火灾中四处瞎跑窒息而亡。

"你要是老那么笨那么不通情理，桑蒂就没法跟你说话。你至少要表现得通情达理一些，玛利。"

"桑蒂，你务必将这一消息转达给石南草地那边的麦克佛森一家，"艾伦·布莱克说，"我的性命可全靠这次了。这关系到事业的成败。"

"我决不辜负你，艾伦·布莱克，"桑蒂说，"永远不。"

"玛利，"布罗迪小姐在后边说，"请跟上桑蒂。"

艾伦·布莱克的热情及诚挚的谢意强烈地鼓励着桑蒂，她只顾一直往前走，因为她正准备到石南草地那边去。故事已经发展到了动人的部分。

玛利费劲地追赶着她。她们来到美多思草坪。这是一大片公有土地，在浓云翻滚的天空的映衬下显得格外绿。她们的目的地是老城，因为布罗迪小姐说过她们应该了解历史是如何演变的。直穿草坪的美多思便道是通往老城的必经之路。

尤妮丝没人做伴，于是随着自言自语的歌谣的节拍单腿蹦

① 罗伯特·L·斯蒂文森的小说。

起来：

> 波托白罗、爱丁堡，
> 达尔奇、和利斯，
> 还有一个暮塞堡。

然后她又换另一条腿蹦。

> 波托白罗、爱丁堡
> ……

布罗迪小姐回过身来催她快走，又回过头对前边的玛利·麦克格里戈说：

"玛利，你难道不能走得体面些？"布罗迪小姐这样说是因为她正直盯盯地瞧着一个迎面过来的印度学生。

"玛利，"桑蒂说，"别这样子瞧人家深皮肤的人。"

受到多方指责的玛利茫然地看了看桑蒂，努力加快步子。然而桑蒂却走得时快时慢，一会儿向前跨几步，一会儿又停下来，这是因为她正要跨过石南草地，去传送能救艾伦·布莱克性命的消息。这时他为她唱起了自己作的小曲。他唱道：

> 这首歌唱艾伦之剑，
> 铁匠与烈火将它锻炼；

它在艾伦·布莱克手中，
寒光闪闪。

唱罢，艾伦·布莱克抓住她的肩膀说："桑蒂，你是个勇敢的少女，你的勇气是每一位国王手下的战士所应拥有的。"

"你别走那么快。"玛利嘟囔着说。

"你走路没抬头，"桑蒂说，"抬高点，再高点。"

桑蒂忽然想应该好好对待玛利·麦克格里戈，她想如果不老是责怪人而是与人为善，感受一定是很好的。后面传来布罗迪小姐的声音，她正对罗丝·斯坦利说："你们都是未来的女英雄。英国必须是一个适合女英雄生活的国度。国际联盟……"正当桑蒂想对玛利·麦克格里戈说几句好话时，布罗迪小姐的声音即刻把她的这一愿望压了下去。桑蒂往后看了看伙伴们，心里明白她们现在是一个整体，布罗迪小姐是她们的头儿。她意识到，她自己和不在场的珍妮、老挨人骂的玛利以及罗丝、尤妮丝和莫尼卡，都处在一个可怕的阶段，她们是为布罗迪小姐的命运而团结在一起的，上帝让她们来到人间似乎就是为了这个目的。

正当她打算对玛利·麦克格里戈好一些的时候，她感到了更大的恐惧，因为这样做有可能使她与别人产生距离，她会被孤立，她遭受到的责难会比玛利遭受到的更可怕；玛利虽然是公认的受气包，可她毕竟还是布罗迪小姐要造就的女英雄之一。于是，为了保持帮内的良好关系，她对玛利说："要是珍妮在这儿，我才不跟你一块儿走呢。"玛利说："我知道。"接着桑蒂又一次怨恨自己，并一再冲玛利发火，好像你只要把一件事做上许多遍，就会使它变得正确似的。玛利哭了起来，她只是悄悄地哭，这样布罗迪小姐就不会发现。桑蒂有些不知所措，便决定大步走开，像个结了婚的女人正在与丈夫吵架一样：

"听着，柯林，家里停了电，男人又不在家，这对一个女人来说太难了。"

"最亲爱的桑蒂，我又怎么知道……"

当她们走出美多思草坪时，迎面过来了一群女童子军。布罗迪小姐麾下的人除了玛利外都目不斜视地走了过去。玛利盯着那些皮肤黝黑的大个头女孩子瞧，发现她们戎装前进，神采奕奕，说起话来乡土味很浓，布罗迪帮的姑娘们当着布罗迪小姐的面说话时乡土味儿可没这么浓。童子军过去后，桑蒂对玛利说："老盯着人家是不礼貌的。"玛利说："我没盯着她们。"与此同时，后面的姑娘们正在问布罗迪小姐关于小童子军与大童子军的问题，因为除了她们以外，小学里许多女生都参加了女童子军。

"对那些喜欢这类事情的人来说，"布罗迪小姐用她优美的爱丁堡嗓音说，"这类事就是他们所喜欢的。"

这么一来，小童子军也好，大童子军也罢，就被扔到了脑后。桑蒂想起来布罗迪小姐对墨索里尼整装前进的队伍十分钦佩。她从意大利带回过一张照片，上面是身着黑色军装的部队在罗马胜利进军的情景。

"这些都是法西斯党人，"布罗迪小姐说，还把这个字拼了一遍，"这些人是谁，罗丝？"

"是法西斯党人，布罗迪小姐。"

那些人黑压压地组成方阵齐步走，手臂都按同一个角度举起，墨索里尼则像个体育老师或者童子军队长一样站在台上检阅他们。墨索里尼和他们的党员消灭了失业，也没有人在街上乱扔杂物。她们走出美多思草坪中间便道时，桑蒂突然想到，布罗迪帮就是布罗迪小姐的法西斯党员，只不过看起来没像那样组织起来前进罢了，她们为了她的需要正以另一种方式前进着。

这倒没什么，可是布罗迪小姐不喜欢女童子军，似乎也包含着对她们的嫉妒。她的态度自相矛盾，差异很大。或许童子军如同她强大的法西斯对手，所以布罗迪小姐受不了。桑蒂想她没准儿也要参加小童子军呢。此时此刻对帮派的恐惧又一次攫住了她，她必须摒弃这个念头，因为她爱布罗迪小姐。

"咱们做伴，这是为了你和我，桑蒂。"艾伦·布莱克说。他在船上的甲板上来回踱步，板上满是血迹，碎玻璃踩在他脚下，咔嚓咔嚓地响。他从桌子上拿过一把小刀割下大衣上的一粒扣子。"无论在什么地方，"他说，"只要你拿出这个扣子，就有艾伦·布莱克的朋友向你走来。"

"我们向右转。"布罗迪小姐说。

离老城不远了。她们从前谁也没有仔细地参观过老城区，因为她们的家长历史意识不强，对爱丁堡的过去也没有感情，因而不曾想过要带孩子们来这里参观。这里到处是乱七八糟的贫民窟，臭气熏天。康诺盖特区、格拉斯市场街、罗恩市场街等名字都是这一乌烟瘴气的城区绝望与罪恶的象征：如"罗恩市场人入狱"。只有尤妮丝·加德纳和莫尼卡·道格拉斯以前曾在"皇家英里"①那段路上的正街走过，或是从古堡下来，或是从霍利鲁德上去。桑蒂也曾坐叔叔的车到过霍利鲁德宫，还见过苏格兰的玛丽皇后睡过的那张又短又宽的床，参观了皇后与里佐②在里面玩牌的房间。那房间比她自己的小屋还小。

她们来到一个大广场，又到了格拉斯广场以及古堡。古堡坐落在山上，一条环绕它的沟壑把它与贵族们居住的宅第分隔开来，这里的一切——不同的气息，全新的环境与新一代贫民——使桑蒂如同到了异国他乡。一群男孩子在玩打仗，有几个还打着赤脚，一个男人坐在冰冷的便道上，就那么坐着。布罗迪小姐带领的紫衣队伍走过以后，有几个男孩子在她们后边大喊大叫。她们从来没听见过那样的话，但知道肯定是脏话。身披斗篷的妇女与孩子们在昏暗的建筑中出出进进。桑蒂发现别的女孩子们都手拉着手，她自己也拉起一筹莫展的玛利的手，听布罗迪小姐讲历史。到了正街，布罗迪小姐说："约翰·诺克斯③遭受过许多苦难。他在放荡的法国皇后面前坐卧不安。咱们爱丁堡人欠法国人的太多了。咱们可都是欧洲人哪。"

这里的气味令人窒息。在高街前方不远的街心，聚集了一伙人。"悄悄地走过去，别说话。"布罗迪小姐说。

---

① 从古堡到皇家宫殿恰好一英里，故名。
② 16世纪意大利音乐家，玛丽皇后的挚友。
③ 约翰·诺克斯（John Knox，约1515—1572），苏格兰宗教改革运动领袖。1554年到日内瓦受到加尔文的影响，后回苏格兰创立苏格兰长老会。

有一男一女站在那群人中间，四周的人把他们团团围住。他俩不住地争吵，男的还在女的头上一连打了两下。这时走过来一个小个子红头发女人，大嘴巴红脸膛，她抓住那个男人的胳膊说："我当你的汉子。"

桑蒂反复思考这句话，因为她确信，她听见那个小个子女人说的是"我当你的汉子"，不是"我当你的女人"，可她始终想不通是什么意思。

在桑蒂的一生中她多次吃惊地发现，许多人都说他们的童年是在爱丁堡度过的，可是他们说的爱丁堡与她心中的爱丁堡相去甚远，只有街区与纪念碑的名字是一样的。可是，人家也和她一样在爱丁堡度过了人家的二十世纪三十年代。中年的桑蒂已经在主显圣容派修道院当了好几年修女，并改名为海伦娜修女。院方规定不准太多的人参观，后来因为她写了篇文章，院方最终允许来访者进修道院，但这是特别为她定的规矩。有一天一位来访者对她说："我肯定和你同时期在爱丁堡上过学，海伦娜修女。"桑蒂习惯地用手抓住窗户上的铁格子栏杆，用她那双无神的小眼睛凝视着他，请他讲述他的学校、学生生活以及他心目中的爱丁堡。他的话再一次证明他的爱丁堡与她自己的大不相同。他上的是一所寄宿学校，又冷又暗。他的老师们是一帮目空一切的英格兰人，或者用那位来访者的话说，是三等学历的准英格兰人。桑蒂不记得他是否问过她的老师们的学历。她的学校常年阳光充足，即便是冬天，也会被北方天空射来的银灰色的光线所照亮。"不过，"那个人说，"爱丁堡是个美丽的城市，那个时候比现在要美。当然现在贫民窟已经拆除了。老城一向是我最喜欢的地方。我们过去常到格拉斯市场街和其他地方探险。从建筑学的角度看，欧洲其他任何地方都没有爱丁堡好看。"

"有一次人家带我到康诺盖特区散步，"桑蒂说，"我被那里的贫困状况吓坏了。"

"啊，那是三十年代，"那个人说，"请告诉我，海伦娜修女，三十年代，也就是你十几岁的时候，对你影响最大的是什么？你读过奥登和艾略特吗？"

"没有。"桑蒂说。

"我们男孩们很欣赏奥登，还有他那一派的人。我们当时也想参加西班牙内战，当然是支持共和党一派。你们学校里也为西班牙内战分派了吗？"

"啊，没怎么分，"桑蒂说，"我们和你们根本不一样。"

"这么说你自然不是天主教徒了？"

"不是。"桑蒂说。

"一个人十几岁时所受的影响太重要了。"那人说。

"啊，是的，"桑蒂说，"哪怕那些影响起到了相反的作用。"

"那么，海伦娜修女，当时对你影响最大的是什么？是政治性的还是个人的？是加尔文主义？"

"啊，都不是，"桑蒂说，"可是有一位布罗迪小姐，当时正值她事业的顶峰。"她紧紧攥住铁栏杆，好像要从这个阴暗的会客厅逃出来。她接见来访者的方式与其他修女们不一样：别人都坐在远处的黑暗里，双手相握，桑蒂则总是将身体探向前方、眼睛盯着外边，两手抓着窗户上的铁格子。别的修女都说，自从海伦娜修女发表了她那篇关于心理学的文章，并从外部世界获得了好评后，她在尘世上的担子就变得沉重了。院方特规定由她接待心理学家、研究天主教的人、高级女记者以及一些学者，他们是前来探讨她那篇名为《凡人变容》一文的道德内容的。

"咱们不去圣盖尔斯教堂了，"布罗迪小姐说，"天不早了。我想你们都去过那个教堂吧？"

她们差不多都去过圣盖尔斯教堂，里边展示着过去的旗子，上面沾有血污。桑蒂没进去过，她也不想进去。光外表就够使她害怕的了，墙上的石头颜色那么深，和古堡的颜色差不多，而那些直刺天际的尖顶也令她生畏。

布罗迪小姐让她们看过德国的科隆大教堂的照片，它的外形像个大婚礼蛋糕，让人觉得它是专为娱乐和庆典而建的，是"浪子"回头以前开晚会的地方。但是苏格兰教堂里边比外表令人放心得多，因为做礼拜时里面坐的是人，没有鬼。桑蒂、罗丝·斯坦利和莫尼卡·道格拉斯的家庭信教但很少去教堂做礼拜。珍妮·格雷和玛利·麦克格里戈是长老会信徒，她们要上主日学。尤妮丝·加德纳是圣公会的，声称她不信耶稣，只信圣父、圣子与圣灵。桑蒂相信灵魂，因而她认为信圣灵不失为最好的选择。就在这个冬季学期里，布罗迪小姐向她们揭开了一个秘密：她在严格遵守年轻时养成的苏格兰教规和信守安息日的同时，又在爱丁堡大学的夜校里学"比较宗教"。正因为如此，她的学生们听到了许多事情，生来第一次听说有些诚实的人并不信上帝，甚至也不信安拉。但这些姑娘们仍然要刻苦读福音书，为的是了解其中的真理及好的教义，并因其文字优美而需要常常朗读它。

她们来到了宽阔的琴伯斯街，这时队伍成了三人一排。布罗迪小姐插在桑蒂和罗丝中间走在最前面。"校长叫我星期一大课间去见她，"布罗迪小姐说，"我知道麦凯小姐肯定要问我关于我教学方法的问题。以前就发生过这种事。还会再有的。可我要按我的教育方针办，并且在我事业的全盛时期最大限度地发挥它的作用。'教育'（education）这个词来自词根 e，也就是 ex，意思是'出'，还有 duco，'我引导'。也就是说要引导出来。在我看来教育就是要将学生灵魂中固有的东西引导出来。而在麦凯小姐看来，教育是要往里装里面没有的东西。我不认为那是教育，那是入侵。'入侵'（intrusion）这个词的拉丁词前缀 in 的意思是'进入'，词根 trudo 的意思是'我刺入'。麦凯小姐的办法是把大量的信息硬塞进学生的脑子里，而我是把她们的知识引发出来。我的方法才是真正的教育，体现了教育这个词的本意。现在麦凯小姐指责我往学生的脑子里灌输思想，事实上这是她的所作所为。我所做的恰恰相反。绝不要认为我在往你们头脑里灌输思想。教育的意思是什么，桑蒂？"

"引导出来。"桑蒂答道。其实这时她正在给艾伦·布莱克写一份请柬。此刻离她们气喘吁吁地跑过石南草地那一幕已经过去整整一年了。

艾伦·布莱克先生：

　　一月六日星期二晚上八点在舍下为您设晚宴，敬请届时光临。

桑蒂·斯特林杰

　　《绑架》中的主人公见到桑蒂的新地址时肯定会惊讶万分，因为这正是约翰·巴肯[①]的女儿在一部小说中描写过的那所房子。它坐落在费佛区的海边，十分幽静，它是桑蒂费了不少周折才弄到手的。艾伦·布莱克赴宴时将身穿盛装。试想，如果那天晚上他们一时冲动不能自禁的话，他们会做爱吗？她设想发生了那种事，可她又不愿意见到具有破坏性的事情发生。她内心斗争着。人们当然还有时间认真考虑一下，在他们脱衣服的时候可以停下来考虑一下，这样一来又怎么会情不自禁呢？

　　"那是一辆雪铁龙，"罗丝·斯坦利指着一辆驶过的汽车说，"法国造。"

　　"桑蒂，宝贝儿，别慌。拉住我的手，"布罗迪小姐说，"罗丝，你满脑子的汽车。当然，汽车并不是什么坏东西，可是还有比汽车更高尚的。我敢说桑蒂心里想的不是汽车，她才像个守规矩的女孩呢，只有她在认真听我讲话。"

　　桑蒂心里在想，如果人们当面脱衣服，那可太不礼貌了，他们的冲动肯定会冲淡一些。可是如果把冲动放到一边，哪怕是

[①] 约翰·巴肯（John Buchan，1875—1940），苏格兰小说家及政治家，曾任加拿大总督，代表作为长篇小说《三十九级台阶》。

一小会儿，情不自禁怎么会发生呢？如果那只是一眨眼工夫的事……

布罗迪小姐说："所以我只向麦凯小姐指出一点，就是我们两人的教育方针有着根本的区别。'根本'这个词与根有关，来自拉丁语 radix，'根'。校长和我观点不同，根本在于究竟雇我们来是教育学生的心灵呢，还是向她们灌输思想。我们过去曾经争论过。我敢说麦凯小姐不是个很优秀的逻辑学家。逻辑学家是精通逻辑的人。逻辑是说理的艺术。逻辑是什么，罗丝？"

"是关于说理的，夫人。"罗丝说。就是这个罗丝，后来在她十几岁时，她的行为举止令布罗迪小姐先是惊讶，后是震惊，最后不得不予以极大的关注：她是个伟大的情人，她的爱情大大超过了道德准则，她是维纳斯的化身，非同一般。其实罗丝并不像布罗迪小姐认为的那样在那个年龄就对某人产生了爱情，却留给人这样的印象，何况罗丝本来就以性感闻名。现在罗丝才十一岁，在冬季外出散步时注意的还是汽车，布罗迪小姐也还没有发展到在孩子们面前公开谈论性的问题。她只不过谈谈她那位情人勇士，不过即使谈到他也有些遮遮掩掩，只说"他是个完美的人"；另一例是她朗读詹姆斯·豪格的诗《波尼·克尔曼尼》：

　　克尔曼尼
　　纯真之榜样
　　完美之峰极

读后又加上一句："这就是说她并没有到山谷里去与男人待在一起。"

"星期一上午见到麦凯小姐的时候，"布罗迪小姐说，"我要指出，在我受雇期间，如果他们不能证明我的方法在什么方面不合适，或者是有破坏性；还有，如果我的学生们所学的知识并非连期末考试都通不过，他们就不能对我的方法发难。我相信你们会努力渡过这一关，哪怕今天学了明天忘了。至于说到不合适，这从来安不到我头上，除非有叛徒歪曲事实。我不相信我会被出卖。麦凯小姐比我小，工资却比我高。这不过是偶然现象。我上学那会儿，大学所能授予的最高学位也比麦凯所拿到的学位低，所以她占了这个高位置。可是她说理的能力并不强，星期一我不必怕她。"

"麦凯小姐的脸红得怕人，血管都露出来了。"罗丝说。

"我不准当我的面说那种话，罗丝，"布罗迪小姐说，"那是不忠的行为。"

她们走到了罗里斯顿普雷斯大街的末端，经过消防站，从这里便可以坐车到教堂山布罗迪小姐的住处喝茶了。在这一段路上站着一排人，他们的衣服都没有领子，衣衫破旧不整。他们边说话边吐痰，用拇指与中指捏着烟屁股。

"咱们从这儿过马路。"布罗迪小姐说完，便赶着她的这帮小女孩到了街对面。

莫尼卡·道格拉斯细声细气地说："他们是些没事儿干的人。"

"在英格兰人们称呼他们为失业者。他们在等着从劳动局领救济呢，"布罗迪小姐说，"你们都必须为失业的人祷告，我给你们写篇特别的祷告词。你们知道什么是救济吗？"

尤妮丝·加德纳从来没有听说过这个词。

"是国家为帮助失业者和他们的家庭，每星期发给他们钱。有的时候他们拿到救济以后还没到家就把钱买酒喝了，孩子们只好挨饿。他们是咱们的弟兄。桑蒂，别盯着看了。失业的问题在意大利已经得到了解决。"

桑蒂觉得她并没有往街那边看。那队长长的弟兄，是他们吸引了她的视线。她再次感到恐惧。有些人正朝这边瞅她们，但是没看见。她们已经到了电车站。那些人还在不停地聊天、吐痰。有些人笑得太厉害咳嗽起来，大口大口地吐着痰。

等车的时候布罗迪小姐说："我初到爱丁堡读书那会儿就住在这条街上。我一定要给你们讲讲我的那个房东太太，她非常节俭。她有个习惯，每天早上都要问我早饭吃什么。她是这么说的：'你撒（吃）雄（熏）青月（鱼）勃（不）？勃，你勃撒，你那（能）撒加（鸡）大（蛋）吗？勃，你勃那。'结果是那些日子我早饭只能吃面包和奶油，量还很少。"

姑娘们的笑声传到了街对面的人那里。他们已经开始三三两两缓慢地向劳动局里移动。桑蒂刚止住笑，恐惧感便又产生了。她眼中的那队时快时慢向前挪动的生命在颤抖，他们如同一条龙，既无权在城市里居住，又不想离去，又不能被消灭。她想到了忍饥挨饿的孩子们，这倒使她的恐惧感减轻了些。她和往常一样想哭。平时她一见到街上的卖唱人和乞丐就止不住想哭。她多想有珍妮做伴。因为珍妮见到可怜的儿童哭得更快。街那边蜿蜒蛇行的生物开始发抖了，桑蒂也跟着颤抖起来。这时玛利的袖子碰到了桑蒂，她转过身对玛利说："别推。"

"玛利，宝贝儿，不许推。"布罗迪小姐说。

"我没推。"玛利说。

在电车上，桑蒂找了个借口不去布罗迪小姐那里喝茶了，她说她好像得了感冒。她的确是在发抖。她此刻只想着回家暖和一下，除了家哪儿都是冷冰冰的，就连她们那个布罗迪帮在一起的时候也一样。

可是后来当她想起大家洗茶杯时尤妮丝在油毡地板上翻跟头的情景，还真后悔没和她们一块儿去布罗迪小姐家喝茶。她取出那本藏在乐谱中的笔记本，为《高山房舍》这个关于吉恩·布罗迪小姐的真实爱情故事又增加了一章。

3

随着佛斯湾的风不停地吹来，时光也一天天地消逝。

布罗迪小姐总显得与众不同，不是因为她正处在事业的全盛时期，也不是因为她爱头脑发热（别忘了事物都是相对的）；她之所以孤军奋战只因为她教书的地方是马西亚·布莱恩女子学校。在二十世纪三十年代，有一大批像她这样三十多岁的妇女。当时，她们对新思想进行过长期的探讨，并以饱满的热情从事社会福利、教育、宗教与艺术的实践活动。爱丁堡思想进步的未婚女子不去学校教书，尤其不去像马西亚·布莱恩这种传统的女子学校教书。而布罗迪小姐在这方面的确多少有点与众不同，同事中其他未婚女子也看到了这一点。她们的父辈——那些已故的或年老体弱的商人、教会牧师、大学教授、医生、过去大仓库的老板及渔场主们——赋予她们聪明才智和姿色以及健壮的体魄，还有良好的教育、充沛的精力及个人财富。在这些人中间布罗迪小姐算不上与众不同。人们常看见她们在下午三点钟靠在爱丁堡商店的民主柜台上与老板争论。她们什么问题都争，从《圣经》的真实性到果酱罐头上印的"保证"二字的真实含义。她们到处听讲座；她们除了蜂蜜和坚果，别的什么都不想吃；她们学习德语，然后就去德国；她们购置篷车去湖边和山间宿营；她们弹吉他，支持新兴的小型剧团；她们在贫民窟租房住，四处赠送颜料，教给邻居们简单的内部装饰艺术；她们劝导人们使用玛丽·斯托普斯 ① 的发明；她们参加牛津团契运动并对唯灵论进行严格的验证。她们中间有的支持苏格兰民族运动，有的则像布罗迪小姐那样称自己为欧洲人，并将爱丁堡视为欧洲的首都、休谟 ② 和鲍斯韦尔 ③ 之城。

　　然而这些未婚女子都不是委员会的成员，她们也不是学校的教师。委员会里的未婚女子一般不具有创业精神，也丝毫没有叛逆思想，她们只是些头脑清醒、每个星期天都去做礼拜的信徒及默不作声的工作人员。那些女校长们更是循规蹈矩，她们有较好的收入，与年迈的双亲住在一起，并在假日到北伯瑞克的山里去散步。

　　那些与布罗迪小姐相似的未婚女子十分健谈，她们是女权主义者，像多数女权主义者一样，她们与男人谈话时就像男人。

　　"我要对你说，盖狄斯先生，劳动阶级的唯一出路是节育，这是每个家庭都能做到的……"

　　下午三点钟在生意兴隆的杂货店里：

　　"罗根先生，虽然你比我年长，可我是个处在盛年的女人，因此你可以相信我说的话：从托伟教授的音乐会上了解到的宗教会比你在礼拜堂里了解到的多。"

　　这么看来，布罗迪小姐的外表并没有什么古怪之处。可是内

---

① 玛丽·斯托普斯（Marie Stopes, 1880—1958），英国化石植物学家，计划生育倡导人。
② 大卫·休谟（David Hume, 1711—1776），苏格兰哲学家及历史学家。
③ 詹姆斯·鲍斯韦尔（James Baswell, 1740—1795），苏格兰作家，代表作为《约翰逊传》。

心世界则是另一码事了，这有待发现，尤其是她的本性能使她走到怎样的极端。从外表看她与其他教员的不同点是她仍处在不稳定的发展阶段，而别人则由于深谙世故而不轻易发表看法，尤其是过了二十岁，便不再探讨伦理道德观了。布罗迪小姐没有不学的事情，她对此很自负。思想活跃的布罗迪小姐对她的学生们说："这些年是我事业的全盛时期，你们从中得到了好处。"其实她自己性情的成熟过程是伴随着她的学生们的成熟过程而发展的，可是这些姑娘才刚刚十几岁。处在事业发展初期的她若能知道这一发展的终结定会感到万分惊讶。

一九三一年暑假标志着布罗迪小姐事业全盛期的头一年已辉煌地结束了。在未来的一年里，布罗迪帮的姑娘们将满十一二岁，她们对性方面的兴趣将通过各种方式表现出来。这一年充满了种种激动人心的启示。虽然在以后的年月里，性只是她们生活中的一方面，而在未来的一年里，它却成了她们谈话的中心内容。

新学期像以往那样热热闹闹地开始了。布罗迪小姐像尊铜像似的站在全班同学前面说："我又一次到意大利过了个暑假，还在伦敦住了一个星期。我带回来一大堆图片，咱们要把它们钉到墙上。这一张是奇马布埃①。这一张是墨索里尼的法西斯党人，比去年让你们看的那张清楚多了。他们正做着了不起的事情，我将来再给你们讲。我和朋友们一同拜见了罗马大主教。他们吻了

---

① 奇马布埃（Cimabue，1251 年之前—1302），意大利画家。

主教的戒指。可我认为只需要躬身做个样子就够了。我当时穿着黑色长大衣，包着带花边的头纱，好看极了。在伦敦我有个有钱的朋友，他的女儿有两个保姆，用英格兰的话说是有两个女佣。她们带我去访问了 A.A. 米尔恩。他家大厅挂着波提切利那幅《春》的复制品。画的意思是春天诞生。我穿着带红罂粟花的丝绸上衣，颜色非常协调。墨索里尼是世界上最伟大的人物之一，远远超过了拉姆齐·麦克唐纳①。墨索里尼的法西斯党人……"

"早上好，布罗迪小姐。早上好，同学们，请坐。"女校长说。她急匆匆地走进教室，连门也没关。

布罗迪小姐把头高高地抬起来，从她身后走过去把门关上，关门的方式耐人寻味。

"我只是来这儿看看，"麦凯小姐说，"马上就走。咱们是不是有点垂头丧气呀？不！同学们，这一年你们必须努力学习，把每门功课都学好，以优异成绩取得毕业资格。请记住明年你们就读中学了。我相信你们都过了个愉快的暑假，瞧你们一个个黑黝黝的，多健康。我还等着读你们写的关于假期生活的文章呢。"

她离开后，布罗迪小姐长时间地望着那扇门。一个叫朱迪恩的女生略略笑了起来。她不是帮里的人。布罗迪小姐对她说："够了。"然后转过身去用黑板擦擦黑板上那长长的除法算式。她经常将这类算式留在黑板上，为的是万一算术课上她没讲算术而偏偏就有人来的时候可以交代过去。擦干净后，她转回身对班上

---

① 拉姆齐·麦克唐纳（Ramsay MacDonald，1866—1937），生于苏格兰，1900 年参与创立工党，曾两度出任英国首相。

说："咱们是不是有点垂头丧气？不！正如刚才所讲的，墨索里尼表现出了非凡的能力，在他的领导下，失业人数比去年更少了。这学期我要给你们好好讲一讲。你们也知道，我不主张用教训的方式对待孩子。你们的哥哥姐姐所理解的事物你们同样也能理解，而且理解得更深刻。教育就是诱导，这个词来自 e，'出来'，还有 duco，'我引导'。不管有没有资格考试，你们都会从我在意大利获取的经验里得到好处。在罗马我见到了大竞技场，见到了圆形剧场，当年角斗士们就是在那里面纷纷倒下的，人们还把奴隶扔给狮子吃。一个孤陋寡闻的美国人对我说：'这倒像个挺好的大采石场。'他的鼻音很重。玛利，说话带鼻音是什么意思？"

玛利不知道。

"跟过去一样笨，"布罗迪小姐说，"尤妮丝呢？"

"用鼻子。"尤妮丝说。

"用个完整的句子回答，"布罗迪小姐说，"从今年开始我想你们都该用完整的句子回答问题了。要记住这条规矩。刚才的正确答案是'鼻音的意思是通过鼻子发音'。那个美国人说：'这倒像个挺好的大采石场。'啊，那可是角斗士们战斗的地方。'恺撒万岁！'他们呼喊着，'我们死前向您致敬！'"

身着棕灰色连衣裙的布罗迪小姐站在那里，俨然像个角斗士，她高举手臂，两眼射出剑一般的光芒。"恺撒万岁！"她又一次喊道，并神采飞扬地转向明亮的窗口，似乎恺撒就坐在那儿。"谁把窗户打开了？"她把胳膊放下后说。

没人吱声。

"不管是谁开的，开的都太大了，"布罗迪小姐说，"六英寸宽的缝就足够了。多了就缺乏常识了。人应该对这类事情有本能一样的意识。咱们现在必须按课表上历史课了。

把历史书拿出来捧在手里。我给你们多讲点儿意大利。我在一个喷泉池旁边遇到一位年轻诗人。这是描绘但丁在维琪奥桥上会见比阿特丽斯的一幅画。他一见她就爱上了她。在意大利语里比阿特丽斯这个词的发音可美啦。玛利，坐直了，别低头弯腰的。那真是高尚的时候产生的高尚的爱情。这幅画的作者是谁？"

没有人知道。

"是罗塞蒂。罗塞蒂是谁，珍妮？"

"是个画家。"珍妮说。

布罗迪小姐怀疑她是否真的知道罗塞蒂。

"是个天才。"桑蒂连忙给珍妮解围。

"是谁的朋友？"布罗迪小姐问。

"斯温伯恩的。"一个女孩子说。

布罗迪小姐笑了。"你还没忘，"她环视一下全班学生说，"不管是不是刚放完假，都把历史书捧在手里，以防还有外人来。"她不满地朝门的方向看了看，高高地抬起她深皮肤罗马式的头。她不止一次对女生们说她那死去的休生前十分称赞她的头，因为它有着罗马人的样子。

"明年，"她说，"将由不同科目的老师教你们历史、数学和语言，每门课一个老师，每节课四十五分钟。这是你们跟我在一起的最后一年，你们将会得到我辉煌时期的果实，这将使你们一生受益。可是，我首先要点名，免得忘了。来了两位新同学，请站起来，新来的姑娘们。"

她们睁大眼睛站了起来，布罗迪小姐回到她的讲桌旁坐了下来。

"你们会习惯我们的上课方法的。你们信什么教？"

布罗迪小姐问。她用钢笔在本子上写着。窗外，从佛斯湾飞来的海鸥在学校上空盘旋，黄绿相间的树梢随风摇曳。

萧瑟悲秋叶黄天灰，
衰败寰宇慰我心髓。

"罗伯特·彭斯，"布罗迪小姐点完名后说，"咱们已经进入二十世纪三十年代。我的桌上有四磅鲜红的苹果，从娄赛先生的果园摘的，是他作为礼物送给我的。趁现在没人来打扰，咱们把苹果吃掉——倒不是因为这些苹果不是产自我的领地，而是因为决定权 ①……决定权……接着说，桑蒂。"

"小心即大勇，布罗迪小姐。"她的眼睛在瞧布罗迪小姐时变得更小了。

布罗迪小姐的全盛期开始以前，小学部的同事们便已经越来

① 原文 discretion 有两种意思："决定权"和"小心谨慎、守口如瓶"。

越反对她了。中学的教员们对此则持无所谓的态度，有时只是感到小学教员们的态度滑稽可笑，那是因为他们还没有感受到布罗迪帮的冲击，这种冲击一年以后才显示出来。可是即便如此，这些中学的老师们对她的实验法教学——她们是这样说的——所带来的影响也没有感到不安。倒是小学部里那些女教员对她的教学感到愤愤然。她们成天与布罗迪小姐打交道，工资又低，水平又差。教员中只有两个人例外，他们对布罗迪小姐既不愤恨也不无动于衷，相反他们是她的全力支持者。他们中的戈登·娄赛先生是全校中小学班的音乐教师，另一位是泰迪·劳埃德先生，他是中学部女生的美术教师。学校里只有他们这两位男教员。他们两个都对布罗迪小姐萌发了爱意，因为在这个环境中他们发现只有她具有撩拨人心的女性特点。他们不知不觉地成了取得她的好感的竞争对手。到目前为止，他们已引起她的注意，但是并不因为他们是男人，而是因为他们支持她，她对他们充满感激之情并为他们感到自豪。布罗迪小姐还没意识到这一问题时，她的那个帮便已看出了些眉目。当然他们两位也在她之前就明白了，并且各自使尽浑身解数讨好她。

　　起初戈登·娄赛与泰迪·劳埃德在布罗迪帮心目中没有什么两样，后来他们各自的言行习惯证明了他们有许多不同之处。两人的肤色均红里带黄，相比之下美术教员泰迪·劳埃德长得较匀称，五官较端正，思想也较深沉。据说他威尔士和苏格兰血统各占一半。他说话声音沙哑，像是一直在患气管炎，总有一绺金黄色的头发耷拉在眼前。更奇特的是他只有一只右胳膊，他用它来作画。另一只胳膊只是掖在口袋里的空袖子。他的手臂是在那场"伟大的战争"中失去的。

布罗迪小姐班上的学生只有一次能仔细观察劳埃德先生的机会，而且是在黑暗的美术课教室里放幻灯片的时候。百叶窗都关了起来，布罗迪小姐把她们带进美术课教室，她坐到了最后的一张板凳上。美术老师进来时，唯一的一只手里拎了把椅子。当把椅子送给她时，他膝部微弯，那姿势活像个谄媚者。布罗迪小姐则像典型的英国人那样高雅地坐在椅子上，双腿分开，宽松的褐色裙子盖住膝盖。劳埃德先生放的幻灯片是伦敦的一个意大利艺术展。他一边用教鞭指着画面一边用沙哑的声音讲解。他根本不讲解那些画面的含义，只用教鞭将画家没有勾出的线条一一补上，或在肘部，或在云彩边缘，或是椅子靠背。《春》那幅画中那些妇女们的姿势像是在打无板篮球，这可大大加重了劳埃德的工作量。他一再用教鞭指着她们衣服下微微显出的屁股的线条。在他第三次指的时候，头一排的女孩子们不约而同地笑起来，引得后面的同学也忍俊不禁。她们使劲闭住嘴强忍住不笑出来，可是越是这样气就越从鼻腔往外喷。劳埃德先生回过头来不满地扫了她们一眼。

"很明显，"布罗迪小姐说，"这些女孩子没有受过良好的家庭教育。这儿有的姑娘很低级庸俗，劳埃德先生。"

这些女孩子本来一心想受到良好的教育并成为不追求性爱的先导，听了她的话，她们着实吃了一惊。劳埃德先生继续讲下去。他再次用教鞭来回指一个女人的神秘部位。桑蒂假装一阵咳嗽，她后边的几个女生也跟着咳了起来。别的人则低下头看桌子底下，好像要找掉了的东西似的。有一两个实在憋不住了，互相弯腰用手使劲捂住嘴，但已经晚了。

"我实在为你感到意外，桑蒂，"布罗迪小姐说，"我原先以为你是发面的酵母，能起个好作用呢。"

桑蒂咳完抬起头看着布罗迪小姐，看似无辜的眼睛使劲眨个不停。布罗迪小姐已经转向了玛利·麦克格里戈，她坐得离她最近。别看玛利咯咯地笑，其实完全是受了别人的影响，因为她自己对性根本不敏感，即便劳埃德先生的课把班上其他同学都影响了，也不会影响到她。可她这会儿还在毫不掩饰地笑着，完全像个心地阴暗且来自没文化家庭的孩子。布罗迪小姐拉住玛利的手臂把她揪起来，接着便把她推搡到门外把门关上，走回来时，似乎这件事已处理完了。看起来事情也正是如此。她的这一激烈行为犹如一服清醒剂，使所有的女孩子意识到，按正式的说法，那个不受人欢迎的重要人物已经被拘捕，她们的错误就不复存在了。

劳埃德先生现在又指着《马利亚与圣婴》那幅画讲起来。他很感激布罗迪小姐刚才的行动，因为当他用教鞭在这幅神圣的画上指来指去时，再也不会有人因强忍笑意而为难了。其实她们岂止是不笑，她们简直被劳埃德那沙哑的声音惊呆了。他讲这幅画时的语气语调与事情发生之前竟一模一样！他依旧讲着画家是如何创作这幅画的。他用圣母与圣子为例一条线一条线地讲绘画创作方法，简直是在向她们的耐心挑战。好像他希望布罗迪小姐会欣赏他这种艺术态度。桑蒂还看见布罗迪小姐对他报以微笑，就像山顶上的一位女神向另一个山顶上的男神传达她高傲的理解一样。

在这之后不久，莫尼卡·道格拉斯，就是后来因数学好与脾气大而出名的那位姑娘，声称她亲眼看见劳埃德吻了布罗迪小姐。她十分有把握地将这一消息报告给布罗迪帮的另外五位成员。她的话引起了大家的怀疑。

"什么时候？"

"在哪儿？"

"昨天放学以后在美术课教室。"

"你去美术课教室干吗？"桑蒂问，她要反复印证一下。

"我去拿一本新绘画练习册。"

"为什么？你原来那本还没用完呢。"

"用完了。"莫尼卡说。

"你什么时候用完那本旧的的？"

"上个星期六下午，你们跟布罗迪小姐打高尔夫球的时候。"

这倒是真的，上星期六珍妮和桑蒂还有布罗迪小姐在布雷德山上的高尔夫球场打了九个洞，帮里其他姑娘在周围画素描。

"莫尼卡把画册用完了。她从五个角度画那片丁字形树林。"罗丝·斯坦利证实说。

"他们在教室里什么地方站着？"桑蒂问。

"另一头，"莫尼卡说，"我看见他用胳膊搂住她亲她。我一开门他们就连忙分开了。"

"哪只胳膊?"桑蒂穷追不舍。

"当然是右胳膊啦,他没左胳膊。"

"看见他们的时候你在屋子里头还是外头?"桑蒂说。

"也在外头也在里头。我对你说我真的看见了。"

"他们说什么了吗?"珍妮问。

"他们没看见我,"莫尼卡说,"我立刻就转身跑了。"

"他们亲嘴的时间很长吗?"桑蒂还不甘心。珍妮赶紧凑近听她怎么回答。

莫尼卡用眼角斜视着天花板,像是在做数学题。算完以后她说:"是的,很长。"

"你要是没停下来看,你怎么知道有多长时间?"

"我知道,"莫尼卡有点生气了,"我看到的那一点儿时间就足够了。我看到了长时间亲嘴中的一小段,他用胳膊搂住她,还……"

"我根本不信你说的。"桑蒂尖声叫道,因为她万分兴奋,极想通过各种方法来排除疑点以证实报告的真实性。"你肯定是在做梦。"她说。

莫尼卡伸手在桑蒂的胳膊上使劲拧了一下,桑蒂尖声叫起来。莫尼卡满脸涨得通红,她用力甩动皮书包时打在了旁边人身上,大家急忙往后退,给她让地方。

"她发脾气了。"尤妮丝·加德纳边说边跳开去。

"我不信她说的话。"桑蒂说。她绞尽脑汁想象着美术课教室的那一幕,并以同样的好奇心唆使讲了实话的莫尼卡详尽地讲述当时的情景。

"我信她说的，"罗丝说，"劳埃德先生是个艺术家，布罗迪小姐也挺懂艺术。"

珍妮说："他们就没看见门开着吗？"

"看见了，"莫尼卡说，"我一开门他们就分开了。"

"你怎么知道他们没看到你？"

"还没等他们转过身来我就走了。他们在教室另一头，在那个幻灯屏幕旁边。"说着走到教室门口做给她们看她是怎么溜掉的。桑蒂觉得莫尼卡的表演不够精彩，便亲自走到教室外面，把门打开往里看看，还装出吃惊的样子倒吸一口气，然后闪电般地走开了。她的这次实验性表演使她得到了满足，而且使她的朋友们不胜高兴。于是她又做了一次。当她做第四次的时候，布罗迪小姐从她身后走了过来。这一次她的表演如此完美，已到了哗众取宠的地步。

"你们干什么呢，桑蒂？"布罗迪小姐问道。

"玩游戏呢。"桑蒂答道，同时用她的小眼睛仔细审视着眼前这位新布罗迪小姐。

关于布罗迪小姐是否被吻过或吻过别人这件事始终困扰着布罗迪帮，直到圣诞节来临。这是由于布罗迪小姐战时的浪漫史在她们心中留下过这样的印象：她不属于有血有肉的人，那个年轻时候的她是她们出生之前的人。去年秋天她们坐在榆树下，布罗迪小姐常说的"我小的时候"的故事听起来并不真实，可是比莫尼卡·道格拉斯报告的故事更可信。布罗迪帮决定将这一事件严格控制在帮内，否则万一传到班上别人的耳朵里，就会传得更广，末了就可能给莫尼卡·道格拉斯带来麻烦。

不过布罗迪小姐也的确变了。这并不仅仅是说桑蒂与珍妮开始在脑子里重新塑造她的形象，努力把她设想为一个叫"吉恩"的女人，而是说她本人正在变。她穿的衣服更新了，还戴了条闪闪发光的琥珀项链。那可是条货真价实的琥珀项链，有一次她把它拿给她们看，当她把琥珀摩擦以后放到碎纸上时，它真的现出了魔力。

拿布罗迪小姐与小学部其他教员比一比，就更容易看出布罗迪小姐的变化了。你若看看她们，再看看布罗迪小姐，就会相信她更可能与人接吻。

珍妮与桑蒂怀疑劳埃德先生与布罗迪小姐那天在美术课教室里所做的事情是否比所说的还要多，是否已经有过冲动。她们关注着她的腹部看它是否胀大了些。当她们感到百无聊赖时，就断定布罗迪小姐的肚子已经大了。可是她们在布罗迪小姐那里玩的时候，又发现她的肚子和过去一样平，每逢这个时候她们便一致认为莫尼卡·道格拉斯说的是谎话。

这些天小学部的其他教员没有一个不向布罗迪小姐说"早上好"的，而且说话的方式可比爱丁堡人的惯常方式高雅多了。已经年满十一岁的桑蒂却另有所悟。她觉得人们说"早上好"是有意把它说成"做得好"，实际上是在讽刺她，叫她想她做的那种"好事"。布罗迪小姐在回答时发音也更加盎格鲁化，表现得更加傲气。她说："早——上好——！"她这样一说，便把别人对她的讥讽一概碾在她高人一等这辆战车的轮子底下了。与此同时，她不屑一顾地把头朝问好的人那边只略微一转。她走起路来把头抬得高高的，高高的，所以在走进教室时她常常心满意足地先把身子在门上靠一靠，调整一下姿势。课间休息时，她总是和学生们待在一起，很少去教员休息室。

那两个缝纫老师也与别的老师不大合群，不过没人把她们放在心上。她俩是那个已故大姐的妹妹。大姐一直照顾她们的生活直到离开人世。她们是艾伦·克小姐和艾利森·克小姐。她们的头发蓬松着，干燥的皮肤没有血色，圆圆的眼睛总带着紧张和局促不安的神情。她们根本不会传授知识。上缝纫课时，她们不是教学生怎么做，而是把活儿拿过来自己做，直到快完成再交还学生。更糟的是她们常把学生缝好的拆掉自己再缝一遍，还说"你做得不行"，或者说"那么缝不耐使，要开缝的"。到目前为止，这两个缝纫老师还没有受人唆使对布罗迪小姐说三道四，因为她们天生就相信她们的同行都是有知识的人，是批评不得的。缝纫课对每一个人来说都是最轻松的，布罗迪小姐圣诞前每周都利用缝纫课给班上的学生读《简·爱》。她们一边听一边在可忍受的程度内用针小心翼翼地把手指头扎破，让血染到正在缝制的东西上，甚至还用这种办法绘制血斑图案。

音乐课就另当别论了。布罗迪小姐在美术课教室里接吻一事已在帮内传开，几个星期以后她们发觉布罗迪小姐不论是音乐课前、课上还是课后都显得很激动。每逢上音乐课她总要穿上最新的衣裳。

桑蒂问莫尼卡·道格拉斯："你有把握是劳埃德先生吻她的吗？你有把握那个人不是娄赛先生？"

"是劳埃德先生，"莫尼卡说，"是在美术课教室，不是音乐课教室。娄赛先生到美术课教室干什么？"

"他俩长得很像，劳埃德先生和娄赛先生。"桑蒂说。

莫尼卡脸上立即显出愤怒的表情。"明明是劳埃德先生用他仅有的那只胳膊搂着她的嘛，"她说，"我看见他们了。真不该告诉你们。只有罗丝一个人相信我。"

罗丝·斯坦利相信是因为她对此并不十分关心。在整个布罗迪帮里，她对于布罗迪小姐的爱情最无动于衷，对别人性方面的事也是一样。她向来不关心这件事。后来她以性感出名，恰是因为她对性不感兴趣，对这一类事情向来不闻不问，所以她的气质更加诱人。正如布罗迪小姐说的，她有直觉。

"只有罗丝一个人相信我。"莫尼卡·道格拉斯说。

二十世纪五十年代，莫尼卡到修道院看望桑蒂时还说："我那天真的看见劳埃德先生在美术课教室里吻布罗迪小姐。"

"我知道你看见了。"桑蒂说。

布罗迪小姐在战后的一天也对她谈起这件事，其实她早就知道了。那天她们在布雷德山饭店坐着喝茶吃三明治。配给布罗迪小姐的那份食物里不包括这些东西。布罗迪小姐穿着那件已经穿了多年的深色粗呢子大衣，显得一筹莫展，尽失当年风采。她提前退休了。她说："我事业的全盛期过去了。"

"了不起的全盛期。"桑蒂说。

她俩望着窗外，朝远山和布雷德小河看去。河水缓缓流过田野，这山山水水如此稳重如此无穷无尽，就连战争也无奈于它。

"你知道，泰迪·劳埃德深深地爱着我，"布罗迪小姐说，"我也爱他。那是伟大的爱。有一天下午在美术课教室里他吻了我。可我们从来没有成为情人，在你离开爱丁堡以后也没有，尽管那是最令我动心的一段时间。"

桑蒂瞪着小眼睛眺望着远山。

"因为我拒绝了他，"布罗迪小姐说，"他是结了婚的人。我放弃了盛年的伟大爱情。我们两个有很多共同之处，尤其在艺术天赋方面。"

她曾说她事业的全盛时期要持续到六十岁，可是战争结束才一年她的辉煌事业便结束了。那一年她五十六岁。她看上去比她的实际年纪老，她一直受着一种内心思想的折磨。这是她在世的最后一年，从某种意义上说也是桑蒂的。

布罗迪小姐作为失败者坐在那里，"一九三一年的深秋……你在听吗，桑蒂？"

桑蒂把目光从山头处移了回来。

一九三一年深秋，布罗迪小姐离校两个星期，人们认为她生病了。布罗迪帮的姑娘们放学后带着花去看她，她家里没有人。第二天她们向校方打听原因。回答是她到乡下朋友那里去了，病好以后再回来。

与此同时，布罗迪帮被拆散分到不同的班上课。布罗迪帮们坚持去一个班里，便被分到一位憔悴瘦弱的女教师的班，而她的名字偏偏叫高恩特① 小姐。她来自西部的小岛，穿着齐膝长的裙子，像是用灰毯子料做的。这种衣裳即使在时兴齐膝长裙的日子里也不能算好看。罗丝·斯坦利说剪那么短是为了省钱。她头很大，面部皮包骨，胸部略显隆起，但又被紧身胸衣压平了。紧身上衣的颜色是黑绿色的。她毫不把布罗迪帮放在眼里，而她们却因突然被卷进拼命读书的旋涡中而手足无措。高恩特小姐尖刻得吓人，况且她要求学生们全天绝对保持沉默。

"哎呀，"一天作文课上罗丝大声说道，"我忘了'拥有'这个词怎么拼了，它有两个'S'还是……"

"把《马米翁》② 抄一百遍。"高恩特小姐怒气冲冲地对她说。

为学期报告作依据用的劣迹簿上，第一周就记下了布罗迪帮成员的一大堆名字。高恩特小姐除了需要在那个本子上记下名字时问一下她们，根本不打算记住她们的名字，对帮里的每个成员她都用"喂，你"来称呼。这几个女孩子可吓坏了，结果把那周星期三的音乐课给忘了。

星期四下午她们早早地就被轰进了教室，那两个缝纫老师艾利森小姐和艾伦小姐很怕高恩特小姐，她们战战兢兢地坐到了教学用的缝纫机前。针头一上一下的动作常常引起桑蒂和珍妮吃吃发笑，因为在这种课上唯一能与性联系在一起的就是针头的那种动作了。然而当布罗迪小姐不在场而面对高恩特小姐时，一切与

---

① 高恩特（Gaunt），意思是憔悴瘦弱。
② 全名《马米翁：荒野的传说》，是苏格兰作家沃尔特·司各特发表于1808年的一首长诗。

性有关的事她们都顾不上了。两位缝纫姐妹那诚惶诚恐的样子只能说明眼前情况的严峻。

高恩特小姐显然和两个缝纫姐妹去同一个教堂，因为当她绣盘子垫时，不时地对她们说"我兄弟说……"。

高恩特小姐的兄弟一定是教区的牧师，所以艾利森小姐和艾伦小姐今天干活时格外谨慎，但越是谨慎越爱出错。

"我兄弟每天五点半钟起床……我兄弟组织了一下……"

桑蒂心里想，布罗迪小姐在的时候，这节课正给她们读《简·爱》呢，下一章该读什么了呢？桑蒂已经结束了与艾伦·布莱克的联系，现在又和罗切斯特先生拉扯上了。这会儿她正和他坐在花园里。

"你怕我，桑蒂小姐。"

"你说起话来像斯芬克斯，先生，可我不怕你。"

"你的举止稳重大方，桑蒂小姐——你要走了？"

"已经九点钟了，先生。"

这时高恩特小姐的一句话破坏了花园里这一幕情景："娄赛先生这个星期不在学校。"

"我听说了。"艾利森小姐说。

"看来他至少两个星期以后才能回来。"

"他病了吗？"

"我想是的，真不幸。"高恩特小姐说。

"布罗迪小姐也病了。"艾伦小姐说。

"可不，"高恩特小姐说，"她恐怕也要两个星期后才回来。"

"出什么事了？"

"那我可说不好。"高恩特小姐一边说一边绣她的垫子。她抬头看看那两姐妹："也许布罗迪小姐和娄赛先生得了同样的病吧。"

桑蒂看着高恩特小姐的脸，想起了《简·爱》里那个女管家的那张脸。当她与罗切斯特先生深夜聊天后从花园回到屋里时，女管家仔细地审视着她。

"没准儿布罗迪小姐和娄赛先生恋爱了。"桑蒂对珍妮说，目的只是为了打破这死气沉沉没有性刺激的气氛。

"可是吻她的是劳埃德先生，她肯定是爱上了劳埃德先生，要不也不会让他亲她的。"

"她可能已经转过来爱娄赛先生了，他还没有结婚呢。"

她们俩随意发着狂想，目的是要对抗高恩特小姐和她那个令人不寒而栗的兄弟，其实并不是真这样想。可是当桑蒂想起高恩特小姐说的"可能布罗迪小姐和娄赛先生得了同样的病"那句话时，她突然开始怀疑她们的狂想说不定是对的呢。这样一来当她们谈论想象中那些爱情细节的时候，她的话比珍妮的少多了。珍妮小声说："他们一起上床，然后他就关灯，他们的脚指头先挨到一块儿，然后布罗迪小姐……然后布罗迪小姐……"她吃吃地笑起来。

"布罗迪小姐打了个哈欠。"桑蒂说。一旦她认为事情可能是真的，便想使它显得体面些。

"不对。布罗迪小姐说：'亲爱的。'她说……"

"别说了，"桑蒂小声说，"尤妮丝过来了。"

尤妮丝·加德纳走到珍妮和桑蒂的桌子旁边，抓起剪子便走开了。最近尤妮丝变了，转向了宗教，不准人们在她面前讨论性的事，也不再蹦蹦跳跳的了。她的这种状况持续的时间不长，可是每当她像教徒的时候，就叫人讨厌，叫人不敢相信。等她走远了珍妮才又接着说下去：

"娄赛先生的腿比布罗迪小姐的短，所以我猜一定是她用她的腿绕住娄赛先生的，然后……"

"你知道娄赛先生在哪儿住吗？"桑蒂问。

"在克莱蒙德。他有幢大房子，还有管家呢。"

战争结束第二年的那一天，桑蒂和布罗迪小姐坐在布雷德山饭店里，她把目光从山那边收回来，表明她正在听布罗迪小姐讲话。布罗迪小姐说：

"我拒绝了泰迪·劳埃德，可我决定要恋爱了，这是愈合伤口的唯一药方。泰迪使我魂牵梦绕，他是我事业兴盛时期的爱人。可是到了一九三一年我爱上了戈登·娄赛，他是单身，更相配。就这么回事儿，别的就没什么可说的了。你在听吗，桑蒂？"

"哦，听着呢。"

"你好像在想别的事儿，宝贝儿。是啊，就像我说的，这就是整个故事。"

桑蒂的确是在想别的事。她在想这未必是故事的全部内容。

"当然有人怀疑我们私通。你们这几个女孩子可能也知道这件事。你，桑蒂，多多少少了解一些……没人能证明戈登·娄赛和我都干了些什么。永远也证明不了。背叛我不是为了这件事。我倒想知道是谁背叛了我。真没有料到背叛我的竟然是我自己的人，我常怀疑是不是玛利，也许我该对她好些。是啊，玛利太惨了。我能想象出那场大火的情景，可怜的姑娘。但是我想不出玛利为什么背叛我。"

"她走了以后就再也没和学校联系过。"桑蒂说。

"你说，会不会是罗丝背叛了我？"

她的话"……背叛了我……背叛了我"如诉如泣，折磨着桑蒂，使她心烦意乱。桑蒂心想，我背叛眼前这位令人生厌的女人已经七年了。她说的背叛到底指什么？她眺望着远山，似乎那就是布罗迪小姐，一位最最无法背叛的人。她就像岩石一样对别人的指责无动于衷。

两周以后，布罗迪小姐又回到了她的班上。她对同学们说她休息得非常好，是一次难得的疗养。娄赛先生照常上音乐课。当布罗迪小姐领着她们高高地昂着头走进教室的时候，娄赛先生对她报以会心的微笑。布罗迪小姐开始为音乐课伴奏。她端坐在钢琴旁边，当弹到年度音乐会演唱曲和别的几首歌时，她脸上便流露出忧伤的表情。有句歌词是这样的："牧羊人的羊群何等可爱。"短腿、羞涩、金黄头发的娄赛先生再也不玩弄珍妮的头发了。室外，光秃秃的树枝擦打着窗户。桑蒂几乎可以断定音乐老师爱上了布罗迪小姐，而布罗迪小姐则爱上了美术老师。这时的罗丝·斯坦利还没有显示出她具有可以被布罗迪小姐利用去表达她对泰迪·劳埃德先生的爱的潜在能力。布罗迪小姐依然处在光彩夺目的全盛时期。

想象布罗迪小姐与娄赛先生同床简直是不可能的，想象布罗迪小姐会与性方面的事有牵连也是不可能的，可是，不去怀疑这类事就更是不可能的。

在春季学期，麦凯小姐请她们这几个女生到她的书房喝茶，先是小组一起去，后来是一个一个去。这只是例行公事，为的是了解她们上中学的志愿，是申请上现代教学班还是传统教学班。

分班以前布罗迪小姐对她们说过："我一点儿也不反对上现代教学班。现代和传统是平等的，它们都教给人们一种生活方式。你们必须自由地做出选择。并不是每个人都能上传统班的，你们必须自由地做出选择。"这些姑娘们听了布罗迪小姐这番话，已经明白了她是瞧不起现代教学班的。

帮里的姑娘只有尤妮丝上了现代班，原因是她的家长要求她学家政，她本人也想学体操和球类运动，而只有现代教学班才有这些课程。尤妮丝一直在为接受坚信礼① 做准备，在布罗迪小姐看来她过于虔诚了。她现在已经不再在体操馆以外的地方翻跟

———————————

① 一种基督教仪式。

头。她在手绢上洒薰衣草香水，并谢绝用罗丝·斯坦利舅妈的唇膏。她对国际体育的兴趣大得叫人不敢相信。有一次布罗迪小姐把全帮的姑娘带到帝国剧院看巴甫洛娃跳舞，尤妮丝没去，她借口说她有别的活动，她必须参加一次"社会的"。

"社会的什么？"布罗迪小姐问。她每逢发现有离经叛道的嫌疑，就要在用词上刨根问底。

"在彻旗厅，布罗迪小姐。"

"是的，是的，可到底是社会的什么？'社会的'是个形容词，可你把它当名词用了。如果你说的是社交活动，你尽可以去参加，我们要参加我们的社会活动，是伟大的巴甫洛娃出场的地方。安娜·巴甫洛娃对事业鞠躬尽瘁，在舞台上她的出现使其他演员看上去都笨得像狗熊。你完全可以去参加你的社会活动，我们可要去看巴甫洛娃表演天鹅之死，这可是永恒的伟大的一幕。"

整个学期她都在鼓励尤妮丝到极其落后、极其危险的地区去，至少当一名先驱传教士。她简直见不得她帮内的成员长大以后不能忠于某种事业。"你到头来只会落得当一个区的女童子军队长，比如柯斯托芬。"她警告尤妮丝说。尤妮丝就在柯斯托芬住，她暗中还真有那个打算。整个学期女孩子们都在讨论巴甫洛娃的传说和她的敬业精神，她那抽风式的疯狂与她决不甘心当二等演员的志气。"她冲配角大喊大叫，"布罗迪小姐说，"对一个伟大的艺术家来说是允许的。她的英语说得很流利，语音也好听。在这里演完以后她就要回家去照顾她的天鹅，她把它们养在院里的水塘里。"

"桑蒂，"安娜·巴甫洛娃说，"你是在我之后仅有的一位忠于芭蕾舞的舞蹈家。你演的天鹅之死如此完美，在舞台上你用爪子拍地的动作是那么动情……"

"我知道。"桑蒂说（似乎不如说"啊，我尽力而为了"）。这时她正在舞台一侧休息。

巴甫洛娃心领神会地点了点头，用她那既充满艺术又充满被流放的悲哀的目光凝视着舞台中景。"每一个艺术家都知道，"巴甫洛娃说，"不是吗？"然后她用近乎歇斯底里但挺好听的声音说道，"从来没有人理解我，从来没有。没有。"

桑蒂脱下一只芭蕾舞鞋漫不经心地扔到舞台另一侧，那只鞋便被一个配角毕恭毕敬地捡了起来。在她脱另一只鞋时，她停下来对巴甫洛娃说："请相信，我理解你。"

"这是真的，"巴甫洛娃抓住桑蒂的手说，"因为你是个艺术家，你将把我手中的火炬接过去。"

布罗迪小姐说："巴甫洛娃反复观察她的天鹅为的是演好天鹅，她认真研究它们的动作。这是真正的献身精神，你们必须成长为有献身精神的人，就像我为你们献身一样。"

她去世前几个星期，在疗养院的病床上从莫尼卡·道格拉斯那里得知桑蒂进修道院了。她说："糟蹋了。我说的献身精神可不是指这种。你说她这么做是不是故意惹我生气？我现在开始怀疑是桑蒂背叛了我。"

女校长在复活节之前把桑蒂、珍妮和玛利邀去喝茶，照例问了她们一些问题，她们在中学想学什么，她们想在现代教学班还是传统教学班。玛利由于分数太低没达到要求而进不了传统班。她听说后感到很沮丧。

"你为什么那么想进传统教学班，玛利？你不是那块料。你爸爸妈妈就没看出来吗？"

"布罗迪小姐喜欢传统班。"

"这和布罗迪小姐没有关系。"麦凯小姐说完，把屁股在椅子里挪了挪，以便坐得更牢些。"这是成绩够不够的问题，是你和你的家长怎么想的问题。你的问题是成绩不行。"

珍妮和桑蒂也选了传统教学班。她听后说："又是因为布罗迪小姐喜欢吧，我猜。也不想想你们结婚以后，或者参加工作以后，拉丁语和希腊语对你们有什么用处？德语更有用些。"

然而她们坚持要上传统班，麦凯小姐也就接受了她们的要求，并且开始明显地用夸奖布罗迪小姐的办法拉拢这几个女孩子。"没有布罗迪小姐咱们怎么办，我不知道。布罗迪小姐的女孩们总和别人不一样，过去这两年尤其不同。"

接着她便用话套她们。布罗迪小姐带她们去剧院、去艺术馆、外出散步、去她的住处喝茶？布罗迪小姐真好呀。"布罗迪小姐出钱给你们买戏票吗？"

"有时候买。"玛利说。

"不是每次都给我们大家买票。"珍妮说。

"我们还去过艺术馆。"桑蒂说。

"啊，布罗迪小姐真好。我希望你们能感激她。"

"是的，我们很感激她。"她们团结一致地高度警惕着，不让眼下的话题被引向任何对布罗迪小姐不利的方向。女校长对这一点也了如指掌。

"那太好啦，"她说，"你们和布罗迪小姐去音乐厅吗？我敢说布罗迪小姐很有音乐才能。"

"是的。"玛利说完看着伙伴们想求得帮助。

"上学期我们和布罗迪小姐看了歌剧《茶花女》。"珍妮说。

"布罗迪小姐很懂音乐吧？"麦凯小姐又对桑蒂和珍妮说了一遍。

"我们看过巴甫洛娃。"桑蒂说。

"布罗迪小姐是不是很懂音乐？"

"我认为布罗迪小姐更喜欢艺术，夫人。"桑蒂说。

"可音乐就是一种艺术。"

"我是说照相和画画。"桑蒂说。

"很受启发，"麦凯小姐说，"你们上钢琴课吗？"

她们都说上的。

"跟谁学？跟娄赛先生学吗？"

她们的回答五花八门，因为娄赛先生的钢琴课是教学大纲里没有的，这三个女孩子是在家里学的。可是现在说到了娄赛先生，连笨头笨脑的玛利也明白麦凯小姐的葫芦里卖的什么药了。

"据我所知布罗迪小姐在音乐课上为你们弹钢琴，那么，桑蒂，你为什么说她更喜欢美术呢？"

"是布罗迪小姐对我们说的。她说音乐是她的兴趣，可美术是她的追求。"

"那么你们的兴趣是什么？我肯定你们太年轻，还不会有什么追求。"

"故事，夫人。"玛利说。

"布罗迪小姐给你们讲故事吗？"

"讲。"玛利说。

"什么故事？"

"历史。"珍妮和桑蒂异口同声地说。她俩早就估计到早晚会有人问这个问题，所以她们绞尽脑汁小心翼翼地准备好了这个令人信服的答案。

麦凯小姐利用把蛋糕从桌子上放进盘子里的工夫停了一下，看了看她们，心里明白她们的回答显而易见是经过准备的。她没有再往下问，为了引起她们的注意，她告诫她们说：

"你们有布罗迪小姐很幸运。我本来希望你们的算术试卷答得更好些。布罗迪小姐的几个女生总有与众不同的地方，这给我的印象很深刻。你们必须为了资格考试努力学习一般科目。布罗迪小姐为你们升入中学打下了很好的基础，可是文化并不能补偿基础知识的不足。你们对布罗迪小姐忠诚不渝，我很高兴。你们应该忠诚于学校，而不要只忠于某个个人。"

她们没有把麦凯小姐的话全部报告给布罗迪小姐。

"我们对麦凯小姐说了你多么喜欢美术。"桑蒂说。

"我是喜欢，"布罗迪小姐说，"可是'喜欢'这个词用得不对。绘画艺术是我的追求。"

"我是那么说的。"桑蒂说。

布罗迪小姐看着她，似乎在说："桑蒂呀，总有一天你会因为走得太远而不像我的人了。"事实上在此以前她已这么说过两次了。

"和音乐相比。"桑蒂说着，不停地眨那两只又小又圆的眼睛。

这一年是充满性事件的一年。复活节的假日接近尾声时，珍妮有一天独自出去散步，从而为这样的一年又增加了些内容。在她散步来到利斯河边时，遇到一个男人，他嬉皮笑脸地对她做了暴露。他说："过来看看这个。"

"看什么？"珍妮问。她走近了他，还以为他从地上捡了个鸟窝，或者发现了罕见的植物。她看见那东西时，吓得转身就跑，跑得上气不接下气，但没有人追她，她也没有受到伤害，可是一时间她焦虑、恐惧，为当时可能产生的更坏后果而害怕。她大口地喝着浓糖水压惊。那天晚些时候，警察局接到报案后，派了一个精干的女警察来询问珍妮。

这些事件令她们兴奋万分，因为它们提供了足够的话题，使她们可以从复活节假的末了几天不停嘴地说到夏季学期结束。它带给桑蒂的第一个影响是消极的，因为她就快要被允许独自一人外出散步了，而且是到珍妮出事的地方去散步。珍妮出了事对她自然没有好处。然而除了这一点外，在其他方面却都是有积极影响的。这件事引起了两大谈话内容：第一，那个男人和他暴露的那个东西的样子；第二，那个女警察。

第一个内容很快便令她们词穷了。

"那人真叫人害怕。"珍妮说。

"一个可怕的禽兽。"桑蒂说。

对那个女警察可有说不完的话。桑蒂没有见过那个女警察，也没有见过别的女警察，因为那个时候才刚刚有女警察。但是她立即把艾伦·布莱克、罗切斯特先生以及那个学期里读到的所有的主人公一概置之脑后，偏爱上了珍妮说的那个女警察。为了能多了解一些她的情况，她想方设法使珍妮对这件事保持兴趣。

"她什么样子？戴头盔吗？"

"没有，只戴了顶帽子。她的头发挺短，浅颜色，带着卷儿，制服是深蓝色的。她说：'给我说说吧。'"

"那你都说什么了？"这已经是桑蒂第四次问这个问题。

珍妮只好第四次回答她的这个问题："啊，我说：'那个男人在河边的树底下朝我走过来，手里拿着个什么。他看见我以后就哈哈大笑，还说过来看看这个。我说看什么。等我凑近一看，才看见……'可我不能告诉女警察我看见了什么，不是吗？所以女警察对我说：'你看见了脏东西？'我说：'是的。'后来她就问我那个人长什么样子，还有……"

这还是她说过的那一套。桑蒂想知道关于女警察的新细节，便开始找新的线索。珍妮把"脏"说成了"葬"，这对珍妮来说是少有的事。

"她说的是'脏'，还是'葬'？"听完第四遍后桑蒂问道。

"葬。"

这件事使桑蒂极为反感，从这以后她一连几个月都不再想性方面的事。她更不喜欢那个词的发音，那种读法叫她浑身起鸡皮疙瘩。她死缠着珍妮叫她改变主意说那个女警察没那么发音。

"很多人都说'葬'。"珍妮说。

"我知道，可我不喜欢那些人。他们不是有这种毛病就是有那种毛病。"

女警察的发音使桑蒂坐卧不安，她不得不为她创造一个全新的形象。另一件使她为难的事是珍妮不知道那个女警察的名字，甚至不知道该称呼她"警员""警官"，还是仅仅是"小姐"。桑蒂决定称呼她为安妮·格雷警官，她自己则是警察局的安妮·格雷手下的得力助手，她们携手献身于在爱丁堡及周围地区消灭性骚扰的事业。在警察局里，桑蒂可以看到星期日的各种报纸，从上面可以找到准确的专业技术用语，诸如"发生了桃色事件"和"原告处于某种状态之下"。犯了性罪行的妇女不能以"小姐"或"夫人"来称呼，要称呼她们的姓："威利斯还在押……"，辩护人称"罗白克处于某种状态之下"。

桑蒂将深蓝色警帽向后推了推，坐在安妮·格雷警官旁边的石阶上，观察着树林与利斯河之间的那块空地。就是在这里，那个可怕的禽兽对珍妮说"看看这个"。事实上桑蒂从未到过这儿。

"还有，"桑蒂说，"咱们务必对布罗迪小姐的案子做进一步的了解，看她在与戈登·娄赛发生关系后是否也处于某种状态之下。戈登·娄赛据说是马西亚·布莱恩女子学校的音乐教员。"

"桃色事件肯定发生了。"安妮警官说。她穿着深蓝色警服，金色鬈发剪得很短，露在帽子四周，样子美极了。她说："我们所需要的只是一些证明有罪的材料。"

"就把这个任务交给我吧，安妮警官。"桑蒂说。她主动接受这一任务是因为她恰巧正和珍妮一同编撰布罗迪小姐与音乐老师之间的爱情信札。安妮警官握了握桑蒂的手表示感谢。她们四目相视，不再多言，因为相互理解之深已非言辞所能表达。

开学以后，桑蒂和珍妮一直保守着利斯河事件这个秘密，因为珍妮的母亲不愿意让这件事张扬出去。可是本着亲密无间的信任，她们认为把这件事透露给布罗迪小姐是理所当然的。

可是开学头一天的下午，不知什么原因，桑蒂对珍妮说："别告诉布罗迪小姐。"

"为什么?"珍妮问。

桑蒂找了个理由。这与布罗迪小姐有关，也与乐呵呵的音乐老师娄赛先生有关，他们之间的关系还没有弄清楚；这也与布罗迪小姐对班上同学讲的头一件事有关："我是在克莱蒙德的小罗马村过的复活节。"而克莱蒙德是娄赛先生的住处，只有他和管家住在那里。

"别对布罗迪小姐说。"桑蒂说。

"为什么呢?"珍妮问。

桑蒂费尽心思找了个理由。这也与当天上午发生的事有关。布罗迪小姐在开学第一天的上午要给学生发图画本和炭笔。她先派莫尼卡·道格拉斯去取东西，后来又把她叫回来，派了罗丝·斯坦利去。罗丝回来的时候抱着一大摞图画本和几盒彩色粉笔，泰迪·劳埃德在后边跟着，也抱着不少东西。劳埃德连忙放下书问布罗迪小姐假期过得怎么样。她把手伸给他，说她到克莱蒙德探险去了，人们不应该忘了那些小海港。

"我看不出克莱蒙德有什么险可探的。"劳埃德先生笑着说，眼前垂着一绺金发。

"那里很美，"她说，"你出去了吗？"

"我在画画，"他用沙哑的嗓子说，"家庭肖像。"

罗丝一直在往各个桌子上发本子，发完以后她刚要回去，布罗迪小姐一把搂住罗丝的肩膀，向劳埃德先生表示感谢。看上去她和罗丝就像一个人。

"不客气。"劳埃德先生说，意思是"不必客气"，说完便走开了。这时珍妮小声地说："罗丝过了个假期变样儿了，不是吗？"

这倒是真的。她把漂亮的头发剪短了，光亮亮的，两颊更白更瘦，眼睛也睁得不那么大了，眼皮半垂着，像是为照相摆的姿态。

"也许她有了'那种变化'。"桑蒂说。布罗迪小姐称之为"月经初潮"，后来她们一说到它，就害羞地咯咯笑起来。

下午放学以后珍妮说："我最好还是对布罗迪小姐谈谈我遇见的那个男人。"

桑蒂说："别对她说。"

"为什么不?"珍妮问。

桑蒂又想方设法找理由,但是没有找到,只是觉得布罗迪小姐还有些什么事没搞清楚,比如她到克莱蒙德度假,派罗丝到劳埃德先生那里去。所以她说:"那个女警察说叫你尽快把这件事忘掉。也许布罗迪小姐会常提起它叫你忘不了的。"

珍妮说:"我也这么想。"

于是她们便忘记了利斯河边的那个男人,然而在整个学期里却越来越忘不掉那个女警察。

布罗迪小姐给这个班上课的时间只剩下几个月了,她努力使自己成为一个非常受人尊敬与爱戴的人。不论学生怎么做,她既不规劝,也不争吵,实在气急了也只冲着玛利·麦克格里戈撒气。那个春天她和她班上的学生垄断了那棵榆树下的板凳。从那棵树下你可以看到一条望不到头的林荫道,两边是深粉色的山楂树,还能听见马蹄声和轻型客运马车车轮的转动声。这些马车清晨出车,现在从看不见的小路上空着回来了。不远处有一群中学生在学初级拉丁语,他们是来年的希望。有一位教拉丁语的女教员为这明媚的艳阳天所打动,竟和着小马拉车的步点唱起一首民歌。布罗迪小姐高兴地举起食指,示意大家听她唱。

集日到,真热闹,
骡子驮货急上道;
我叫骡儿快奋蹄,

赶集路上大步跑。

那年春天，珍妮的母亲要生产了。雨量不算很足。青草、太阳和小鸟已不再被冬天的寒冷冻得哆哆嗦嗦，草更绿，太阳更暖，小鸟也更欢快了。在那棵榆树下布罗迪小姐又开始讲她的爱情故事了。她用奇特的丝线为故事绣出了新的内容：休从前线回来休假时，常常带她乘渔船航行，他们在一个小海港的礁石间和卵石上度过了一生中最快乐的时光。"有的时候休还唱歌，他有浑厚的男高音歌喉，有的时候他不说也不唱，而是支起他的画架作画。这两种艺术天赋他都具有，可我想休更算是绘画的天才。"

女孩子们还是头一次听说休的艺术修养。桑蒂对此感到有些不满意，便找珍妮商量。结果她们共同的看法是，布罗迪小姐在为以前讲过的爱情故事拼凑内容。从那以后她们听她讲的时候便比别的学生多了个心眼。

对布罗迪小姐随意编造故事的本领，桑蒂十分佩服，但在敬佩她这种技能的同时，又迫切需要证实布罗迪小姐的犯罪事实。

"找到可以证明她有罪的材料了吗？"安妮·格雷警官高兴而友好地说。她是个乐天派。

期中的时候，桑蒂和珍妮完成了布罗迪小姐与音乐老师的爱情信札。当时她们住在费佛区的克雷尔镇，珍妮的婶婶家。她对她们那本东西起了疑心，于是她们就坐公共汽车来到附近的一个村子里。她们坐在一个山洞前面完成了她们的创作。创作中，一个相当棘手的问题是如何把握好布罗迪小姐作为正、反两方面人物的分寸。随着她们与布罗迪小姐在一起的最后一个学期即将结束，处理这个问题比其他任何问题都显得更迫切。

已经发生的桃色事件必须写进去。肯定不能在一张普通的床上。在决定采用什么样的床这个问题上，恐怕要花整整一堂缝纫课的时间来考虑。布罗迪小姐应该留下不同凡响的故事。她们将布罗迪小姐放在亚瑟王座①那神圣的狮子背上，以天为房顶，以蕨为床。在她凝神的目光下，宽阔的公园伸展开去迎接闪电与雷鸣。就在这个地方，腿短上身长的戈登·娄赛带着他橙红的头发和胡子以及羞涩的微笑找到了她。

"他占有了她。"她们第一次讨论时珍妮说。

"他占有了她。啊，不。是她把自己送给了他。"

"她把自己送给了他，"珍妮说，"尽管她更高兴把自己送给另外一个人。"

在她们完成的所有信件中，最后一封是这样写的：

唯我所有的快乐的戈登：

你的信使我感动至深，可是天哪，我无法成为娄赛夫人。理由有两层。其一，我想跟巴甫洛娃献身她的事业一样献身于我的几个女学生；其二，在我们的生活里有一个人对我的爱超越了时空。他就是泰迪·劳埃德！我与他从

① 爱丁堡城东南部一座山，山坡形状像狮子背。

未发生过性关系，他是个结了婚的人。有一天在美术课教室里我俩互相拥抱着，可我们知道该面对现实。可是，在亚瑟王座的欧洲蕨上，四周咆哮着雷鸣闪电，你来了，并且要占有我，我还是自豪地把自己送给了你。如果我处在某种状况之下，我将把小宝宝送给好人家，使他得到像好心的牧羊人及其妻子那样悉心的照料。我们将像精神伴侣一样心平气和地讨论这一问题。我或许会像罪犯一样一次次地干出越轨的事，因为我正处在我的有着辉煌业绩的盛年。我们也会到海上，在漂浮的渔船里度过许多快活的日子。

我想告诉你，你的那个管家使我像约翰·诺克斯一样焦虑不安。我怕她是个心胸狭窄的人，这一点是从她的浅薄无知和意大利式的待人接物看出来的。我再去克莱蒙德找你的时候，请叫她别再说"你知道怎么走"这样的话了。她应该把我引进去才是。她的膝部并不僵直，她只是假装弯不了膝罢了。

我喜欢听你唱《喂，约翰尼·柯普》。即使明天苏格兰皇家纹章大臣向我求婚，我也会拒绝的。最后请让我对咱们的同床以及你的歌声表示热烈的祝贺。

最爱你的吉恩·布罗迪

写完之后她们把信札又从头到尾念了一遍。她们决定不了把这份证明有罪的材料扔进大海还是付之一炬。她们知道往海里扔东西可不像说起来那么简单。后来她们在山洞里边发现了一个半隐蔽的洞，里面很潮湿，便把那个写有吉恩·布罗迪小姐爱情书信的本子塞了进去。从那以后她们就再也没有见到它。她们返回克雷尔时脚下松软的草皮被新绿覆盖着，它带给人们的是清新与欢乐。

4

"我这个瓶子里的炸药能把这所学校炸平。"洛克哈特小姐用平稳的口气说。

她穿着白大褂站在工作台后边，两手按着一个大玻璃瓶，里边盛有三分之二的深灰色粉状物。学生们听后吓得屏声静气，而这正是她所期待的。她总是以这种方式开始第一节科学课。第一节课根本不算是上课，她只把实验室里最惹人注意的物体的名字介绍给大家。所有的眼睛都盯着那个大瓶子。洛克哈特小姐拿起瓶子小心翼翼地放回柜橱里。橱里摆放着许多类似的瓶子，里面装满了色彩斑斓的晶体和粉末。

"这些是本生灯，这是试管，那是吸量管，那个叫曲颈瓶，还有坩埚……"

这样她便在学生中树立了自己神秘祭司的形象。她在中学部是个相当叫人喜欢的教员，当然其他的人也都是好教员。这是一种全新的生活，连学校也几乎是新的。这里没有像高恩特那样瘦骨嶙峋的人，也没有那些在楼道里面带微笑地对布罗迪小姐说"早上好"的人，她们的微笑中包含着宿命论。这里的老师除了注意他们自己的专业如数学、拉丁语或者科学以外，对别人的品行从来不闻不问。中学一年级新生在他们眼里好像不是学生，只不过是他们要与之打交道的数学符号而已。开始的时候，布罗迪小姐原来的学生们对这一切感到挺新鲜。更奇妙的是,开学的第一周里,在介绍教学大纲的课上,各门新科目令人眼花缭乱;学生们按照课程表从一间教室跑到另一间教室,显出一派匆忙景象;每一天都被陌生的图形与名称填得满满的,这些内容与日常生活毫不相干,比如几何中的圆与角,又如书上那些难解难记的希腊文符号和从希腊语老师的舌头发出的古怪声音:"psst……psooch……"

几周以后,当这些图形与名字终于有了意义的时候,再回忆第一周时的懵懂场面可就难了,那时听希腊语好像尽是些嘶嘶声和啐唾沫的声音;"mensarum"① 这个词听起来怎么听怎么像歪诗里的某个词。中学前三年,现代教学班与传统教学班的区别只限于学的是现代语言还是古代语言。现代班的学生学的是德语和西班牙语,课下她们练习时就像听无线电收音机时突然收到了个外国台一样,听到的是莫名其妙的声音。有一位小姐长着黑黑的头发,身穿一条条格裙子,上面还缀着真正的链扣,也一直想使自己的法语发音听着像外国人的,可无论如何也弄不成。实验室里掺杂着那年冬天跟布罗迪小姐去康诺盖特区散步时闻到的气味和本生灯燃烧的味儿,还有从外面飘进来的烧第一批秋天落叶的香甜气味。在实验室——严格地说并不是真正的实验室——把上课说成是做实验,给人的印象是,大家都不知道实验的结果是什么,连洛克哈特小姐也一样。随着实验物在仪器里出出进进,什

---

① 拉丁语,"圆桌"的意思。

么事都可能发生，学校随时都可能被炸飞。

头一个星期做实验是把镁放进试管，在本生灯火焰上来回晃动。在屋内各个地方都能看到镁燃烧时的白色火焰从试管里喷出，又喷进一个事先准备好的大玻璃容器里。玛利·麦克格里戈吓坏了，连忙顺着工作台中间的通道跑开去，可是刚走几步便看见另一个试管也喷出了白色火焰，便又往回跑，然而同样碰到了喷发的火焰。就这么着，她在工作台之间恐慌地东奔西闯，直到大家上前抓住她使她慢慢安静下来。洛克哈特小姐叫她别犯傻，可当她看见玛利吓得没了魂的样子，便不再说什么了。

许多年以后，当罗丝·斯坦利来看桑蒂时，她们不由得谈起玛利·麦克格里戈。桑蒂说：

"我只要一生病就会想，我当时要是对玛利好点儿就好了。"

"咱们怎么知道？"罗丝说。

布罗迪小姐与桑蒂坐在布雷德山饭店的窗口边时说过："我怀疑是玛利背叛了我。也许我该对她好一点。"

布罗迪帮很有可能失去自己的特色，这不仅因为布罗迪小姐不再管理她们，而且她们现在要专心致志地从没有感情的专家那里获取知识，还因为女校长一心要拆散她们。

她施展了一个计划，但失败了。计划太庞大，目的是把布罗迪小姐从学校清除出去，并一劳永逸地击溃布罗迪帮。

她先与玛利·麦克格里戈交朋友，她知道她容易上当，容易收买，却低估了她的愚蠢。她记得玛利和布罗迪帮的其他成员一样，当初也想上传统教学班，可是遭到了拒绝。因此她现在改变了主意，至少允许玛利上拉丁语课，期望玛利能提供布罗迪小姐的情况作为回报。可是由于玛利读拉丁语的唯一目的是取悦布罗迪小姐，所以女校长一无所获。即便是请玛利喝茶，她也闹不清人们到底想叫她干什么。在她看来所有的老师都属于一个整体，包括布罗迪小姐。

"你进了中学，"麦凯小姐说，"见到布罗迪小姐的机会就不多了。"

"我知道了。"玛利说。她不但没有理解校长的话的试探作用，反而把它当成了一条规矩。

麦凯小姐又施展了一项计划，但再次遭到惨败。中学部实行的是各楼舍间的竞争制度，这四栋楼是霍利鲁德、麦尔罗丝、阿盖尔和比加。麦凯小姐有意把布罗迪帮的成员分到不同的楼里。珍妮在霍利鲁德，桑蒂和玛利·麦克格里戈到麦尔罗丝，莫尼卡和尤妮丝属于阿盖尔，罗丝·斯坦利则被安排在比加。这么一来她们便被迫在学校生活的各个方面进行竞赛，比如在强风不断的曲棍球场上。球场建在郊区，终年风吹日晒，像个烈士坟茔。校方对她们说，她们必须发扬集体主义精神，努力夺取那块奖牌，在周六上午为自己的队呐喊助威，激励士气。当然楼与楼之间应该友好相处，可是集体主义精神……

这些话的含义对受过布罗迪小姐两年教导的布罗迪帮成员来说是再明白不过的了。

"有些话，像'集体主义精神'，常常是用来防止个人主义、爱情以及对个人的忠诚的，"布罗迪小姐曾经说过，"'集体主义精神'这种概念，不该强加于女性，尤其是那些有事业心的女性，她们那自古以来的贞操美德是与这一概念格格不入的。弗洛伦斯·南丁格尔对集体主义精神一无所知，她的任务是挽救人的性命，不管是属于哪个团体的人。你们如果读莎士比亚，就知道克利奥帕特拉也不懂得集体主义精神。还有特洛伊的海伦。就连英格兰王后也一样，虽然她参加国际体育比赛，可那是因为她不得不摆摆样子，她真正关心的只是国王的健康和他的古玩。西比尔·桑代克的集体主义精神产生了什么作用？有了她这么一位大演员，其他演员就都有了集体主义精神。巴甫洛娃……"

布罗迪小姐或许已经预见到了她这个六人小集体将会被分到四个集体里互相竞争。猜不透多大成分是布罗迪小姐精心安排的，多大成分是出于她的本能，但在第一次的能力较量中她大获全胜。中学的各楼负责人没有一个具有西比尔·桑代克或者克利奥帕特拉的感召力。布罗迪帮的姑娘们如果具有集体主义精神的话，早就加入童子军了呢。不仅她们几个，至少有十个在布罗迪小姐门下学习过的其他女孩子也都不参加任何一场比赛，除非是强制性的。布罗迪帮除尤妮丝·加德纳外，谁都不想参加一个集体以考验自己的集体主义精神。大家都明白，尤妮丝球打得太好了，所以她不能不上场。

多数星期六下午，布罗迪小姐都要请她原来那帮女生喝茶，听她们讲新的经验和体会。她说她本人对新班里学生的潜力不抱多大希望。她描述了几个学生的情况，惹得这几个老成员捧腹不已。这么一来她们更抱成团了，而且她们更加意识到她们是经过她精心挑选的。她还不时地问她们在美术课上做什么，因为现在是那个眼前一绺金发、一只胳膊的泰迪·劳埃德在教她们。

关于美术课总有说不完的故事。头一天劳埃德先生怎么也维持不住班上的秩序。女孩子们参加了这么多陌生的、安排得满满的课时以及不同科目，各门课的要求又都非常严格，她们立即觉察出在美术课上不必再那么紧张，于是教室里便洋溢起轻松涣散的气氛。劳埃德先生用沙哑的声音大声地叫她们住嘴，可她们反而感到他的大喊大叫起到了提神的作用。

为了解释椭圆体的特征与性质，劳埃德先生用那只右手托起一个盘子。他一会儿把盘子举过头顶，一会儿又把它放低些。可他这种潇洒的讲课方式与他沙哑的"住嘴"引起了学生们一片咯咯的笑声，而且调门有高有低。

"你们这些姑娘要是再不住嘴，我就把这个盘子摔了。"他说。她们想不笑，可是办不到。

他把盘子扔到地上，摔了个粉碎。

教室里一片寂静。他把罗丝·斯坦利叫起来指着地板上的碎片说："你的轮廓好看——把它们捡起来。"

说完他便离开到这间长屋子的另一头做什么去了，一直到下课也没再过来。其他女生开始以全新的眼光来看罗丝·斯坦利的轮廓，同时惊异地注意到劳埃德先生的风度。她们终于安静下来老老实实地对着置于幕布前的瓶子画起来。珍妮对桑蒂说，布罗迪小姐的鉴赏力的确很好。

"他当然具有艺术家的气质。"布罗迪小姐听她们讲完盘子的事以后说。当她听说他对罗丝说"你的轮廓好看"后，用一种异样的目光瞧着罗丝，而桑蒂则目不转睛地瞅着布罗迪小姐。

自从桑蒂和珍妮把她们写的那篇东西埋起来并升入中学以来，她们对布罗迪小姐爱情故事的兴趣进入了一个新阶段。她们不再把每件事都与性放在一起考虑，而是要深入心灵深处来分析。纯性的世界已成为往事。珍妮已经十二岁了。她妈妈近来又生了个男孩子，就连这件事也没有促使她们去追究生孩子的根源。

"到了中学就没那么多时间研究性的问题了。"桑蒂说。

"我觉得我不再对性感兴趣了。"珍妮说。这虽然有点奇怪，却是事实，而且直到快四十岁，她才再一次产生早先那种探求性神秘的念头。在她成了一名小有名气的演员，并已与一个剧院经理结婚以后，有一天她突然产生了性的冲动。那一天在罗马，她站在一个不太熟悉的男人旁边，他们都在一座著名的建筑物前避雨。刹那间，她吃惊地发现内心那种当年对性的轻盈愉快的感觉再度萌生，这令每根神经都激动的感觉很难说清是肉体的还是精神的，只能说它包含了她十一岁时的天真无邪的欢乐，那已经失去了的欢乐。她琢磨着她爱上了那个男人，而那个男人没准儿也是受他自己内心世界的支配而向她走来的。可这种方式的邂逅所产生的感觉对她来说几乎无法解释清楚。什么事情也没发生，因为她很满意过去十六年的婚姻生活。然而在此后的日子里，每逢她回忆起这件事，想到任何事情都潜在着发生的可能性，她便觉得惶惶不安。

"娄赛先生的管家走了，"一天下午布罗迪小姐说，"这种做法最忘恩负义。克莱蒙德的那所房子最好整理了。你们知道我从来不把她放在心上。我猜她对我成为娄赛先生的朋友，而且是知己朋友，怀恨在心。对我常去找娄赛先生不满意。娄赛先生正在为一些歌词谱曲，他应该受到鼓励才是。"

下一个星期六她对她们说，缝纫课老师艾伦小姐和艾利森小姐临时在娄赛先生家里帮忙，因为她们住得离克莱蒙德不远。

"我看那两姐妹太好管闲事，"布罗迪小姐说，"她们和高恩特小姐交往频繁，和苏格兰教会联系也太多。"

每逢星期六下午，布罗迪小姐总是让珍妮和桑蒂花一个钟头教她希腊语，将她们刚学到的内容教给她。"这种活动可是老传统了，"她说，"过去人们只有能力送一个孩子上学，这个全家唯一的学者就把他白天学的东西晚上教给全家人。我早就想学点希腊语，而且这种办法还可以帮你们加深已经学过的东西。约翰·斯图亚特·密尔①五岁的时候每天早上天一亮就起来学希腊语。人家约翰·斯图亚特那么小便坚持天一亮就学，我当然也能在事业全盛时期的星期六下午学一点。"

她的希腊语有长进，只是有时她感到无所适从，因为珍妮和桑蒂每星期轮流把她们学到的教给她，而她俩的发音却不尽相同。可她下决心要进入并分享她的得意门生的新生活经验。对于她们新近关心的事，如果她认为不够高尚或者超出她的影响范围，她均不屑一顾。

---

① 约翰·斯图亚特·密尔（John Stuart Mill, 1806—1873），英格兰哲学家、经济学家。

她说："会说两点之间直线距离最短，算是聪明；会说圆是一条线构成的平面图，圆上的任何一点到圆心的距离都相等，也算是聪明。可这种聪明太浅薄了，人人都知道什么是直线和圆。"

第一学期期末考试后，她看了看她们的试题，然后把里面几个不太严密的问题用讥讽的口气念了出来："一个擦窗工人扛了一架重六十磅、长十五英尺、两端等宽的梯子。梯子的一端挂着一个重四十磅的水桶。问如果要使梯子保持水平，他应该在梯子的什么位置扛着它？整个重物的重心在什么部位？"布罗迪小姐念完试题，仍瞅着试卷做出怀疑自己眼睛是否看错了的样子。她不止一次对她们说，对西比尔·桑代克来说，对安娜·巴甫洛娃和古代特洛伊的海伦来说，知道这种问题的答案实在毫无价值。

总的说来，布罗迪帮的成员们被中学的课程弄得晕头转向。在以后的几年里，那些物理、化学、代数和几何的语言已经失去最初的新鲜劲儿，并各自形成一门学科，这时，她们才发现它们与刚开始时竟如此不同，是如此地枯燥乏味和难以掌握。就连以有数学头脑而出名的莫尼卡·道格拉斯，后来在演算 a 减去 y 减 x 的差时也失去她的聪明；从那以后她再也高兴不起来了。

在第一学期的生物课上，罗丝·斯坦利全神贯注地把一条虫子从中间开了膛，此后一连两个学期她一想到那情景就打冷战，而且放弃了生物学这门课。尤妮丝·加德纳在历史课上指出了工业革命的正确与错误，其深刻程度引起历史教员、一个吃素的共产主义者的注意，对她产生了莫大希望，然而这一希望只持续了几个月便遭粉碎，因为尤妮丝改弦更张，开始读关于苏格兰玛丽女王的小说了。桑蒂的书法极差，她不得不每天花几个钟头把希腊字母组成词，并规规矩矩地一行一行抄写在练习本上；珍妮做化学课作业和画科学实验图时所下的工夫一点不亚于桑蒂书写希腊文。就连呆头呆脑的玛利·麦克格里戈自己也不相信自己读懂了拉丁语写的恺撒高卢战役的故事。当然，这个阶段还没有对她那有缺陷的想象力提出什么要求，而且那个故事用的词对她来说也比英语好拼得多，发音也容易些。可是到后来不得不用拉丁文写文章时，她才发现那篇故事的文字要追溯到塞缪尔·佩皮斯 [①] 时代。接着玛利再度显示出了她的愚笨。由于受不了各种思考题的折磨，她终于向这个充满各种笑话的世界宣布：拉丁语和速记是一码事。

刚开始的几个月，布罗迪帮的成员被中学的一切深深地吸引住了，她们用布罗迪小姐使她们养成的热烈情绪对待中学生活，这使得布罗迪小姐不得不为继续影响她们而苦苦争斗。即使在关于集体主义精神那场战斗取胜之后她仍毫不放松。显然，她关心的焦点是担心她的弟子们会与中学某个老师亲近。然而她很谨慎，避免正面出击，因为那些中学教员好像对她的子弟并不感兴趣。

夏季学期开始后，她们几个人最喜欢的课程是不用费脑筋的体操课：在双杠上来回晃悠，在肋木上做倒立或者顺着绳子爬到天花板那么高。为了和手脚敏捷的尤妮丝一比高低，她们个个手

---

① 塞缪尔·佩皮斯（Samuel Pepys，1633—1703），17世纪英国作家、政治家，以其日记闻名于世。

足并用，连膝盖也派上了用场，像热带猴子爬藤一样往上爬。她们这边爬着，体操老师在那边用浓重的苏格兰口音喊着指令，示范给她们看该如何做动作。她是个灰头发的小个子，喊指令时不停地咳嗽，为此后来被送到了瑞士的疗养院。

在夏季学期，为了排遣没完没了的烦闷，也为了使每天必须完成的工作与她们对布罗迪小姐的爱能有机地结合在一起，桑蒂和珍妮开始把新学到的知识轻松愉快地应用到布罗迪小姐身上。"如果先把布罗迪小姐放在空气里量出体重，再把她放进水里……"要么，当娄赛先生在音乐课上显得魂不守舍时，她们便互相提醒，浸过水的吉恩·布罗迪小姐的重量等于戈登·娄赛自身的重量。

一九三三年春末，布罗迪小姐星期六下午学希腊语的活动因为娄赛先生的缘故而告结束。这几位姑娘还没有参观过娄赛先生在克莱蒙德的那所房子。现在房子是由那两位缝纫老师艾伦小姐和艾利森小姐看管着。她们两个很愿意干这份工作，因为她们住得离这里不远，很方便，每天下午她们轮流到娄赛家准备晚饭和第二天的早饭。她们不仅觉得干这个活儿不难，而且如果干得好，自己也很欣赏，况且收入也较体面。每个星期六，或是艾伦小姐，或是艾利森小姐便来给他洗衣服和看守房子。有的星期六她们姐妹俩一起在他这里忙一上午，艾伦小姐给那个女清洁工安排活儿，艾利森小姐去买东西。她俩以前从来没有这么精神振作、这么助人为乐过，尤其是她们的大姐去世以后。以前她们空闲时间该干些什么都是由大姐来安排，所以艾利森从来不喜欢人家叫她克小姐，艾伦小姐也从来不会自己去图书馆借书读，只知道等待那个已故的克小姐的吩咐。

可是那个牧师的妹妹、骨瘦如柴的高恩特小姐渐渐占据了她们已故大姐的位置。后来才知道她们去戈登·娄赛那里是经她同意的，她还鼓励她们为了她们自己的利益把那份工作变成长期的。自然，她还有自己的盘算：这样安排与布罗迪小姐有关系。

直到如今，布罗迪小姐只在星期天去看娄赛先生。她每个星期天上午都要去教堂。她有一个各教会及教派的花名册，里面有苏格兰独立教会、苏格兰国教、卫理公会、圣公会以及其他一些她能找到的非罗马天主教的教会。她不赞成罗马天主教的原因是，只有那些自己不愿意动脑筋的人才信罗马天主教。这种看法在某种程度上是不正常的，因为她的性格最适于信罗马天主教。罗马天主教可能会接受她，并用纪律约束她那狂涛汹涌般的思想，使她变得正常起来。也许正因为如此，她才远远避开罗马天主教。她虽然热爱意大利，但是当罗马天主教受到她怀疑的时候，她就用爱丁堡人固有的刻板支持自己的看法，尽管这种爱丁堡式的刻板表现得不十分明显。所以她轮流到各个非天主教的教会做礼拜，从没有误过一个星期天。她自己坚信也让所有的人相信，无论她做什么事上帝都与她同在。因此，当她一边做礼拜一边与音乐老师上床睡觉的时候，她并不会为有可能被视为伪君子而不安。恰如极端的思想会导致极端的行动一样，布罗迪小姐的行为就是因为她极端缺乏负罪感。

她这一状态在这几个女生身上起到了副作用，使她们在一定程度上认可了她为自己假设的无罪，直到多年以后回首往事时，她们才看清布罗迪小姐与娄赛先生之间的不正当关系到底是怎么回事。也就是说，依照事实看清了他们之间的关系。过去她们一直处在她的影响之下，她的行为举止已经超出了正确与错误的范畴。直到二十五年后桑蒂才从混乱与朦胧的意识中清醒过来，才明白如果她当时认真想一下，便会看清布罗迪小姐缺乏自我批评的精神。但这并不是一点儿好处也没有，也不是没有产生过积极的影响。但此时她已经背叛了布罗迪小姐，布罗迪小姐也已经躺在了坟墓里。

布罗迪小姐星期天做完礼拜才去克莱蒙德，在那里吃午饭，并与娄赛先生一同度过下午的时光。她有时也待到晚上，多数时间还在那里过夜，这即便不是出于献身精神，也是出于责任感，因为她的心仍在那个被抛弃了的美术老师那里。

这位上身长下身短满脸堆笑的娄赛先生，其实是个很害羞的人。他那长着橙红色小胡子的嘴逢人便笑，并以此得到了几乎所有人的好感。他的原则是少说话，多唱歌。

布罗迪小姐听说克家姐妹肯定要长期照顾这位腼腆、矮小的单身汉后，便觉得他越来越瘦了。她把这个发现告诉她的学生的同时，珍妮和桑蒂也发现布罗迪小姐变瘦了。她们快满十三岁了，目光自然更多地注意到这些方面，而且还研究布罗迪小姐到底有多美，是否为男人所渴求。她们用一种全新的目光看待她，并且肯定她的确具有深层次浪漫的美。她是由于对劳埃德先生依然有着伤感的和火一般的爱恋才变瘦了的，娄赛先生变瘦也是由于同样崇高的缘由。这种局面正是她所欣赏的。

布罗迪小姐说："近来娄赛先生像是瘦了，我信不过克家姐妹，她们星期六给他准备的东西只够星期天吃的，其余几天就别说了。娄赛先生要是能接受劝告从那所大房子搬到爱丁堡住，那照顾起来就容易多了。他需要照顾，可他不听劝告。想劝说一个光会笑而从不说不同意的人，可太难了。"

她决定星期六去克莱蒙德，以便指导克家姐妹如何为娄赛先生准备下一周的饭食。"她们得到的报酬很丰厚，"布罗迪小姐说，"我要到那里去，以确保她们准备的东西适合娄赛先生的胃口，量还要充足才行。"这种打算的确有点儿鲁莽。但她们几个女孩子不这么想，相反，她们真心实意地催促布罗迪小姐前去干涉克家姐妹。一方面她们预感到会有重大事情发生，一方面也认为不论出现什么闲话，娄赛先生都会一笑了之；再说克家两姐妹怯懦怕事，最重要的是布罗迪小姐一个人抵得上她们姐妹两个。如果说她是直角三角形斜边的平方，那么她们两个则分别只是两个直角边的平方而已。

克家姐妹对布罗迪小姐的干涉逆来顺受，对强加给她们的权威没有丝毫的疑问，也正是因为如此，她们才能对高恩特小姐后来提出的问题有问必答。布罗迪小姐要亲自过问为娄赛先生准备食物的事项，这就是说她星期六下午要在克莱蒙德度过。因此她邀请布罗迪帮的成员到娄赛先生的住处去，每星期去两个人。在那里，他不是微笑就是拍拍她们的头发，或者拉拉珍妮的鬈发，同时瞧着吉恩·布罗迪小姐的褐色眼睛，等待她的指责或者赞赏，或别的什么。她给她们端茶时他就频频微笑，但也常常放下手里的杯子和碟子，坐到钢琴旁边引吭高歌。他唱道：

"前进，埃特里克和特维奥特德尔，你们为什么不能有秩序地朝前走？前进，埃斯克德尔和利德斯德尔，所有的蓝帽子① 都必须朝战场走。"

唱完后他就以微笑表示胜利，微笑中仍带着扭捏，然后又端起茶杯，姜黄色眉毛下的眼睛向上看着吉恩·布罗迪，以便弄清楚她此刻对他有什么评论。对他来说，她就是他的吉恩，这一事实布罗迪帮里的任何人都不应该向外宣扬。

她向桑蒂和珍妮讲述道："我插手晚了，克家姐妹在让他挨饿。现在我要亲自看着她们准备吃的。别忘了，我是威利·布罗迪的后代。威利是个有家业的人，是个木工，是绞架的设计人，是爱丁堡一个区的议员，娶了两个太太，她们给他生了五个孩子。血统很重要。他没少玩掷骰子斗鸡。后来警方要捉拿他，因为他抢了税收办公室——并不是因为他需要钱，他夜里行窃只是为了享受其中的危险。当然，他们在国外抓住了他，把他带回来送进了托尔布斯监狱，可那只是偶然的。他高高兴兴地死在他自己设计的绞架上，那是一七八八年。不论过去发生过什么，我总是他们的后代，所以我就不能看着艾伦小姐和艾利森小姐胡作非为。"

---

① 一种苏格兰蓝呢帽，泛指苏格兰人。

娄赛先生唱道：

> 啊，妈妈，妈妈，为我铺床，
> 松软、舒适、暖洋洋；
> 今天我的心上人为我死去，
> 明天我也要为他走向天堂。

唱完他看着布罗迪小姐，而她却看着一个带豁口的茶杯。"肯定是玛利·麦克格里戈把它弄豁的，"她说，"上星期六玛利和尤妮丝在这儿，是她俩一块儿洗的杯子。肯定是玛利弄破的。"

夏天，屋外草坪上的雏菊耀眼地开放。房后的草坪又宽又长，几乎看不到那边的小树林，而那些小树林也是娄赛先生的，就连树林那边的地也属于他。娄赛先生是个腼腆、温和、酷爱音乐的人，可他更是个家业殷实的人。

桑蒂现在不仅考虑布罗迪小姐是否被别人所爱，还想知道她是否有软弱的方面，因为这是他们暧昧关系中最难判断的一部分。她像瑶玛·希拉①和伊莉莎白·伯格纳②一样，是一个缺乏女子气质的专权者。布罗迪小姐四十三岁了，她今年看上去比当年在课堂上或榆树下的时候消瘦了许多，但是她的体型更好看了。可是与娄赛先生相比，她的个头还是太大。他很瘦，也比布罗迪小姐矮。他以充满爱的目光看她，而她却以严峻和充满占有

---

① 瑶玛·希拉（Norma Shearer, 1902—1983），美国女演员。
② 伊莉莎白·伯格纳（Elisabeth Bergner, 1897—1986），奥地利犹太裔女演员。

欲的眼神看他。

　　夏季学期期末，布罗迪帮的成员全都满十三岁或即将十三岁，每一次她们几人一同去娄赛先生那里时，布罗迪小姐总要问她们美术课上的事。女孩子们对在劳埃德先生的美术课上发生的一切都格外感兴趣，她们总是把课上的活动详详细细地记在心上，为的是每次到克莱蒙德戈登·娄赛先生的住处看望布罗迪小姐时，能和她谈得开心些。

　　这是一幢带塔楼的人字顶大房子，通向房子的小路在林中蜿蜒曲折，房前那块草坪又太窄，因而离得稍远些便看不见房子的全貌，即便仰起头也只能看见塔楼，房子后面则很平坦。这些房间又大又阴暗，都有活动百叶窗。楼梯口栏杆上雕着一对狮子头，楼梯盘旋向上，一圈又一圈，简直望不到顶。室内所有的家具都比一般的大，并且刻有图案，镶着银饰与玫瑰色玻璃装饰。楼下的藏书室是布罗迪小姐接待她们的场所，里面放有不少书柜。书柜深处光线很暗，不贴近看连书名都难以辨认。那架大钢琴放在屋角，夏天，钢琴上总插着一束玫瑰。

　　这么大的一所房子要参观完可不容易。在布罗迪小姐刚刚开始着魔似的关注娄赛先生食物的那几个月里，她总是全神贯注地在厨房里为第二天准备大量的食物，这时女孩子们便可以自由地在房子里走动。她们心惊肉跳地手拉手走上那高大的阶梯，打开一间间落满尘土的卧室往里瞧。有两间屋子格外引起她们的好奇，里面没有什么家具，其中一个不仅没有家具，连地毯都没有铺，只有一张大桌子。另一间也很空，只有一个电灯泡和一个蓝色大瓶子。这些房间冰冷冰冷的，一年四季都一样。探险以后她们便顺楼梯下来，这时娄赛先生总是站在大厅等候她们。他两手合在一起，带着羞答答的微笑，好像是希望她们对这里的一切都感到满意。姑娘们回家前，他便从玫瑰花束中抽出一些送她们每人一枝。

娄赛先生就诞生在这栋房子里，可他总显得不是在自己家里似的，干什么事都要看看布罗迪小姐以征求她的同意，好像没有得到允许他就什么也不可以干，哪怕是开一下柜橱的门。她们几个认为或许是因为他母亲才去世四年，她活着的时候准是由她负责一切，于是他始终不把自己当成这所房子的主人。

每逢布罗迪小姐招待她的女孩时，他便默默地坐在一旁以感激的眼光看着布罗迪小姐。自从她开始实行使他增加体重的计划以来，为他准备的东西越来越多，远远超出了需要。她的痴狂成了艾伦小姐和艾利森小姐的话题，也成了小学部老师们的话题。有一次轮到桑蒂和珍妮到她那儿去。喝下午茶时她们看见她给娄赛先生准备的点心是一大盘虾肉沙拉、几块夹肝酱的三明治、蛋糕、茶，最后还有一碗放了乳脂的粥。这些东西都放在一个大托盘里让他一个人吃。这真是一种特殊的食疗。桑蒂急于知道娄赛先生是否能把所有的东西连同那碗粥一股脑儿送进肚子里去，可他居然毕恭毕敬地边听她们聊天边把东西一口一口地吃光了。

布罗迪小姐问她俩："你们在美术课上做什么了？"

"我们比赛画招贴画呢。"

"劳埃德先生——他好吗？"

"啊，好。他可逗了。两个星期以前他让我们看了他的画室。"

"哪个画室？在哪儿？在他家？"——其实布罗迪小姐对此了如指掌。

"是的，在一个挺长挺大的阁楼上，里面……"

"你们见到他的妻子了吗？她什么样儿？她说什么了吗？请你们喝茶了吗？他的几个孩子长什么样子？你们在那儿都做了些什么？……"

她并不打算在那位正在狼吞虎咽的男主人面前掩饰自己对美术老师深深的关切。他在一边吃着，眼睛里流露出一丝忧伤。桑蒂与珍妮知道上个星期六她问过玛利·麦克格里戈和尤妮丝同样的问题，上上个星期六她问罗丝·斯坦利和莫尼卡·道格拉斯的也还是这几个问题。然而只要是关于泰迪·劳埃德的事，布罗迪小姐就百听不厌，何况她们最近又去过他的家——坐落在爱丁堡北部的一所大而简陋、温暖而非传统式的建筑物——呼吸过劳埃德的空气，这一天无论从哪方面讲，她都有激动的理由。

"几个孩子？"布罗迪小姐停下茶匙问。

"五个吧。"桑蒂说。

"是六个吧，"珍妮说，"算上那个小女孩儿。"

"有一群呢。"桑蒂说。

"当然啰，天主教的嘛。"布罗迪小姐对娄赛先生说。

"还有一个顶小的娃娃，"珍妮说，"你忘了数那个最小的小不点儿了。连他六个。"

布罗迪小姐倒了杯茶，朝戈登·娄赛的盘子里瞟了一眼。

"戈登，"她说，"再来块蛋糕吧。"

他摇摇头，像是在安慰她一样温和地说："啊，不，不，不吃了。"

"再吃一块，戈登。它的营养非常丰富。"她又叫他吃了一块彻斯特蛋糕。她和他说话时比往常多了些爱丁堡口音，像是要用蛋糕和口气来弥补她对他的爱，因为她刚才一直在对泰迪·劳埃德表示着爱。

"你必须长胖点，戈登，"她说，"在我放假之前你必须增加两英石①多。"

他低着头，下巴微微动了动，向她致以最礼貌的微笑。与此同时，布罗迪小姐又说：

"还有那位劳埃德太太。她是个处在鼎盛时期的女人吗？"

"怕还没有吧。"桑蒂说。

"啊，劳埃德太太可能已经过了那个时期，"珍妮说，"她的头发都长到了肩膀。也很难说。那种头发使她看上去很年轻，可她也许已经不年轻了。"

"她看上去的确不像会有鼎盛时期。"桑蒂说。

"那个'像'字在句子里是多余的。劳埃德太太的教名是什么？"

"狄亚德拉。"珍妮说。

布罗迪小姐上星期听玛利和尤妮丝说过这个名字，上上个星

---

① 英制重量单位，1 英石 = 6.35 千克。

期也听罗丝和莫尼卡说过这个名字，还听娄赛先生说过，可她现在仍然像从来没有听过似的思考着这个名字。窗外下起了小雨，打在娄赛先生的小树林里。

"凯尔特人的名字。"布罗迪小姐说。

桑蒂在厨房门外溜达，等着布罗迪小姐带她们去海边散步。布罗迪小姐正往一个硕大的火腿上抹什么东西，然后把它放进一口特大的锅里。做饭并没有削弱她的高大形象，就连她为戈登·娄赛准备的饭食都非同一般，不论是够一家人吃一个多星期的布丁，还是牛肘子和羊肘子，或是整条的瞪着大眼的鲑鱼，样样都大出一号。

"我必须把这煮上，给娄赛先生当晚餐，"她对桑蒂说，"要在我们回去以前看着他把晚饭吃下去。"

到目前为止，她总设法让人们知道她不在这里过夜，娄赛先生独自留在这栋房子里。这几个姑娘还没找到与此相悖的证据，她们也没想那么做。不久，艾伦·克小姐被高恩特小姐带到女校长那里，叫她证实她在娄赛先生睡的那张双人床的一个枕头下面发现了布罗迪小姐的睡衣。她是在换床单时发现的，在靠墙一侧的枕头下面。睡衣叠得整整齐齐的。

"你怎么知道睡衣是布罗迪小姐的？"

麦凯小姐质问道。麦凯小姐机敏过人，远远就能嗅到要捕捉的猎物。她站在那里，一只手扶着椅背，身体前倾，全神贯注地听着。

"一个人必须有自己的判断。"高恩特小姐说。

"我在和艾伦小姐说话。"

"是的，一个人必须有自己的判断。"艾伦小姐说。她惊恐万状的脸绷得紧紧的，闪着亮光，露出根根青筋。"是绉纱质地的。"

"这不是什么证据。"麦凯说着坐到了桌旁。

"你找到有力的证据以后再来找我。那件睡衣你放哪儿了？你给布罗迪小姐看了吗？"

"啊，没有，麦凯小姐。"艾伦小姐说。

"你应该拿给她看。你应该对她说：'布罗迪小姐，你过来一下。你怎么解释这个？'你本该这么对她说的。睡衣还在那儿吗？"

"啊，不在了。"

"她可真厚颜无耻。"高恩特小姐说。

后来校长与桑蒂谈话时，把这些话都告诉了桑蒂。桑蒂的小眼睛厌恶地看着这位脸皮粗糙的女人，回避开她那赤裸裸问题的锋芒，校长便从其他方面找理由，以图使她背叛布罗迪小姐。

"我回家以前必须把这位先生的饭准备好。"一九三八年的布罗迪小姐说。桑蒂在厨房的门框上靠着，一心想到海边跑一跑。珍妮也走了过来，两人一同等着布罗迪小姐。厨房里那张老式的大桌子上堆着上午采购来的给养。外屋饭桌上则摆着大盘大盘的水果，水果上边是一盒盒的椰枣。这一切像是在过圣诞节，厨房则像是度假旅馆里的厨房。

"这么多东西不会把娄赛先生吃撑着吗？"桑蒂问珍妮。

"不会的，要是他多吃点青菜的话。"

就在她俩等候布罗迪小姐往那个像她这位女豪杰个头一样大的火腿上浇汁时，娄赛先生在藏书室的钢琴旁唱起了歌，歌的节拍缓慢，曲调悲切：

"普天万民同声歌唱，
颂扬上帝心灵欢畅；
侍奉上帝、赞美上帝，
在他面前聚集一堂。"

娄赛先生是教会唱诗班的领队和长老，从他床上的枕头底下发现了那件睡衣以后，教会牧师高恩特先生，即高恩特小姐的哥哥，并没有劝他放弃上述职位。

这时布罗迪小姐已经把火腿放进锅里，盖好盖子放在微火上。她走过来与娄赛先生一同唱起圣诗。她的声音浑厚，像女低音，使每个音符都加大了强度：

"啊，曲曲颂歌深深敬仰，
跨入大门驰进殿堂。"

雨已经停了，空气中充满潮气。她们一边在海滩散步，布罗迪小姐一边向她们提问题。伴随着海浪的节拍，她问她们去泰迪·劳埃德家的情况，她们喝的什么茶，画室有多大，够不够明亮，都说了些什么，等等。

"他在自己的画室里显得非常潇洒。"桑蒂说。

"怎么讲？"

"我想大概是因为他只有一条胳膊吧。"珍妮说。

"可是他一直就只有一条胳膊呀。"

"他那条胳膊可比一般人做得多多了。"

"他常常挥动胳膊，"珍妮说，"从画室往外看风景美极了，他挺自豪的。"

"画室在阁楼上吧，我猜？"

"没错，在房子最高的地方。里面有一张他最近给他们家里人画的像，挺逗的。头一个是他自己，挺高，然后是他妻子，后面是所有的孩子，一个比一个矮，直到坐在地板上的那个小不点儿。在画布上他们组成一条斜线。"

"什么挺逗的？"布罗迪小姐问。

"他们都面朝前瞪眼看着，样子都很严肃，"桑蒂说，"你一看就想笑。"

布罗迪小姐笑了笑。远处的海面映着天边色彩斑斓的日落景象，残阳映出金色与紫色的云团，把血红的根根光柱洒向大海，似乎天地末日在无人知晓的情况下悄然来临。

"那儿还有一张没画完的画，"珍妮说，"是罗丝的。"

"他在画罗丝？"

"是呀。"

"罗丝坐着让他画？"

"是的，差不多有一个月了。"

布罗迪小姐兴奋起来。"罗丝从来没说过。"她说。

桑蒂停了停。"啊，我忘了。本来是准备给你个惊喜的。你不该知道。"

"什么，那张画，让我看？"

桑蒂有点慌了，因为没有把握罗丝打算如何用她的画像使布罗迪小姐大吃一惊。

珍妮说："是这样的，布罗迪小姐，罗丝是想用让劳埃德先生画她的坐像这件事，使你大吃一惊。"桑蒂这时才明白是怎么回事。

"啊，"布罗迪小姐高兴了，"罗丝考虑得真周到。"

桑蒂有点吃醋了，因为罗丝不是个考虑问题周到的人。

"她穿什么衣服画像？"布罗迪小姐问。

"她那件紧身体操服。"桑蒂说。

"侧身坐着。"珍妮说。

"侧面像。"布罗迪小姐说。

布罗迪小姐把一个人叫住给娄赛先生买了只大龙虾，买完以后她说：

"罗丝肯定还会有不少画像的。就让劳埃德先生再给她画好了，她就是个人杰中之人杰。"

她说这些话时带着询问的语气。她们两个明白她正努力把她们随便说的话拼成一幅完整的画面。

珍妮有意无意地说："啊，是的，劳埃德先生想让罗丝披着红天鹅绒画像。"

桑蒂补充说："劳埃德太太有一小块红天鹅绒，他们把它围到了她身上。"

"你们还去他那儿吗？"布罗迪小姐问。

"去，我们都去，"桑蒂说，"劳埃德先生认为我们是非常好的一伙女孩子。"

"你们难道没有想过，"布罗迪小姐说，"劳埃德先生只请你们六个女孩子到他的画室去，这件事很不一般吗？"

"啊，因为我们是一伙的。"珍妮说。

"他请学校其他女生了吗？"其实布罗迪小姐很清楚答案会是什么。

"啊，没有，只有我们。"

"这是因为你们是我的人，"布罗迪小姐说，"我是说你们是我一手培养出来的，而我又处在我事业的全盛时期。"

桑蒂和珍妮并没有认真考虑过为什么美术老师总是把她们当成一个整体邀请去他的画室。他在招待布罗迪帮时的确有些不同。这里有一个不容忽视的秘密。显而易见，每当他见到她们时必然会想到布罗迪小姐。

"他一看见我们就问到你。"桑蒂对布罗迪小姐说。

"是的，罗丝的确跟我说过。"布罗迪小姐说。

突然间，桑蒂和珍妮像候鸟一样不约而同地在海边沙砾上跑起来，连个招呼也没打。她们在充满落日余晖的空气中跑呀跑呀，然后又跑回布罗迪小姐身边听她讲她的暑假计划。她说恐怕她要离开吃胖了的娄赛先生，让他在克家姐妹的帮助下自己照顾自己了。她要到国外去，这回不是去意大利而是去德国。希特勒已经当上了总理，他像托马斯·卡莱尔一样是个预言家，比墨索里尼更可靠。她说德国的褐衫党队员与意大利的黑衫党队员完全一样，只是更可靠些。

珍妮和桑蒂要去一个农场过暑假，在那里她们两周以后就不会把布罗迪小姐这个名字老放在心里挂在嘴上了。她们要收割牧草，还要跟着羊群四处走。在上学的日子里，很难想象会把布罗迪小姐的世界忘掉，哪怕只忘掉一半也是不可能的，就像要忘掉学校里在霍利鲁德、麦尔罗丝、阿盖尔和比加各楼的日子一样是不可能的事情。

"我不知道娄赛先生喜不喜欢用大米面做的甜面包。"布罗迪小姐说。

5

"嘿，像布罗迪小姐！"桑蒂说，"太像布罗迪小姐了！"说完她又想，她的话从她的嘴唇进出再送到劳埃德夫妇耳朵里准会变味儿，便又说："虽说如此，这是罗丝，真像罗丝，太像罗丝了。"

泰迪·劳埃德把刚刚完成的画像挪到不同光亮的地方。它看上去还是像布罗迪小姐。

狄亚德拉·劳埃德说："我想我还没见过布罗迪小姐呢。她长得白吗？"

"不白，"泰迪·劳埃德用粗哑的声音说，"她长得黑。"

桑蒂见画像的头部皮肤白皙，毫无疑问是罗丝的皮肤。罗丝侧身坐在窗户旁边，身上穿着体操服，手掌向下，一个膝上放一个。什么地方像布罗迪小姐？也许是她的侧身，也许是前额，也许是罗丝那双蓝眼睛的眼神，它们与布罗迪小姐褐色眼睛带有控制欲的眼神一样。这幅画像真像布罗迪小姐。

"没错，是罗丝。"桑蒂说这话时，狄亚德拉·劳埃德正瞅着她。

"喜欢它吗？"泰迪·劳埃德问。

"喜欢，太美了。"

"是呀，这是最重要的。"

桑蒂继续用她那双小眼睛审视着那幅画，这时泰迪·劳埃德拿过一块布来用唯一的一只手把它抖开盖在画上。

狄亚德拉是桑蒂见过的第一个农妇打扮的女人，这种打扮在未来三十多年里很时髦。她穿一条长长的深色长百褶裙，浅绿色上衣，挽着袖子，项链是用彩绘木珠做的，耳环像是吉卜赛人的。她腰上围着一条浅红色宽腰带，深褐色袜子，墨绿色小山羊皮拖鞋。画室里各个地方都有她穿这身服装和类似服装的画像。她有一副好听的银铃般的嗓音。她说：

"我们给罗丝又画了一幅。泰迪，让桑蒂看看给罗丝新画的那张。"

"离拿出来看还早着呢。"

"那么看看红天鹅绒那幅总可以吧？拿来让桑蒂看看——泰迪去年暑假给罗丝画的那幅像可好呢，我们用红天鹅绒把她整个包了起来，我们管那幅画叫'红天鹅绒'。"

泰迪·劳埃德从别的画后面取出了一幅。他把它架在明处的一个画架子上。桑蒂的小眼睛看到那张画时所表现出的惊讶真是难以言表。

这幅画像上的罗丝更像布罗迪小姐。桑蒂说："我喜欢这颜色。"

"像布罗迪小姐吗？"狄亚德拉·劳埃德用银铃般的声音问道。

"布罗迪小姐是正春风得意的女人，"桑蒂说，"现在你说到她，倒是看着有点像了。"

狄亚德拉说："当时罗丝只有十四岁，画上的她看上去很成熟，说实在的她是很成熟。"

被他们用绛红色打扮起来的罗丝有两个方面引人注意，一是她看上去和艺术家本人一样只有一条胳膊，二是她的乳房比她本人的突出，甚至比她现在十五岁时的还突出。还有，画像非常像布罗迪小姐，这才是主要的，是神秘的核心。罗丝是高颧骨，脸色苍白，布罗迪小姐虽然嘴和鼻子都大，可是颧骨低。不知道泰迪·劳埃德是怎么把布罗迪小姐那张像罗马人一样的深肤色面庞安到了罗丝那张苍白的脸上的，但是他已经那么做了。

桑蒂再一次看了看画室里其他的画像，有泰迪·劳埃德妻子的，有孩子们的，还有不知道姓名的人的坐像，他们中没有一个像布罗迪小姐。

这时她在画台那一摞画的顶部看见了布罗迪小姐的画像。她倚在罗恩市场的一根路灯杆上，披着劳动妇女用的斗篷。可是仔细一看，才认出来是莫尼卡·道格拉斯：高颧骨，长鼻子。桑蒂说：

"我不知道莫尼卡让你画过像。"

"我只画过一两张素描草稿。你不认为那个背景很配莫尼卡吗？这儿还有一幅尤妮丝穿着她那件花花绿绿的外衣画的，我看她穿那件衣裳就挺好看。"

桑蒂这下可恼火了。这些女孩子，莫尼卡和尤妮丝，从来没有说过叫美术老师画像的事。当然，她们都十五岁了，有很多事都不再对别人说。她更仔细地看了看尤妮丝的画像。

　　尤妮丝那件色彩斑斓的衣服是她参加学校演出时穿的。其实她的个子很小，长得很精干，线条突出，可是在画像里看上去却像布罗迪小姐。桑蒂虽对许多事情迷惑不解，但有一件事使她着迷，那就是泰迪·劳埃德处理事物的简洁省力的办法。四年前她刚开始亲近布罗迪小姐并听她讲她与那位战时情人的浪漫故事时也曾这般着迷过。她的战时情人是刚刚进入她生活轨迹的美术老师和音乐老师的缩影。泰迪·劳埃德作画的方法简洁省力，因为他画的人物都相仿。后来桑蒂发现事情总是这样的：如果有几种事业可供选择，那么哪一种有捷径，哪一种便是好的，同时，要选就选择最易达到目的、急功近利的事业。后来她最终背叛布罗迪小姐时便是按照这条原则办事的。

　　期末考试珍妮考得一塌糊涂，这些日子她几乎天天待在家里补习。桑蒂确实实觉得布罗迪帮正在失去控制，更别提布罗迪小姐本人了。她想，与其这样，还不如促使它解体更好些。

　　从楼下什么地方传来劳埃德家一个孩子的哭闹声，后来又多了一个，继而成了哭闹大合唱。只见狄亚德拉漂亮的裙子闪了一下便不见了，她下楼照顾孩子们去了。劳埃德家信天主教，所以不得不生养很多孩子。

　　"有朝一日，"泰迪·劳埃德把画收拾起来带桑蒂下楼喝茶时说，"我会给每个布罗迪帮的姑娘们画像，先给你们一个一个地画，然后给你们一块儿画。"他甩了一下头把那缕金发从眼前甩到一边。"给你们全体画一张才好呢，"他说，"等着瞧吧，看我会怎么画你们。"

桑蒂想，虽然最近帮内露出突显个人的苗头，但是，哪怕仅为了能全体在一起画像，不妨还是维护一下团结的好。她忽然不耐烦地转身对他说："我猜我们看上去一定像一个大的布罗迪小姐。"

他高兴地哈哈笑起来，并更加仔细地看着她，好像是第一次看到她一样。她也用那双小眼睛傲慢地和近乎诓诈地看着他。于是他猛然抱住她，长时间地给了她一个湿乎乎的吻。他说："我要让你知道用那种眼神看一个艺术家的后果。"

她一边用手背把嘴擦干一边往门那里跑，可他一把抓住她的胳膊说："没有必要跑，你是我这辈子见过的最丑的小东西。"他走了出去，剩下她自己在画室里，她除了跟着他下楼以外没有别的选择。狄亚德拉·劳埃德在客厅里喊："桑蒂，到这儿来。"

大部分喝茶的时间里，桑蒂都在整理自己在这件事发生前后的思想，可是很难做到，因为所有的孩子都在客厅里，他们不停地要求客人做这做那。那个八岁的男孩子把收音机打开，学着苏格兰腔调在亨利·霍尔①乐队的伴奏声中唱着"啊，吉卜赛人，取悦我吧"。另外三个孩子也说不清在闹什么。就在这嘈杂声中，狄亚德拉·劳埃德对桑蒂说以后她不必称她劳埃德太太了，只要叫她狄亚德拉就可以。因此桑蒂根本没有时间考虑自己对泰迪·劳埃德的那个吻和他所说的话的含义，以及她是不是受到了侮辱。这时泰迪·劳埃德也恬不知耻地说："在校外你就叫我泰

---

① 亨利·霍尔（Henry Hall, 1898—1989），英国音乐家，1932 年起领衔 BBC 舞蹈管弦乐园，每周日下午五点十五开始的节目曾风靡一时。

迪好了。"在只有她们几个女生的时候，她们一直称呼他画家泰迪。桑蒂把劳埃德夫妇轮流审视了一番。

"我从你们口中听说的布罗迪小姐的事太多了，"狄亚德拉说，"我真该请她来喝茶。你说她会来吗?"

"不会的。"泰迪说。

"为什么?"狄亚德拉问道，其实她并没把这当回事。给大家吃饼干的时候她懒得动，便仗着胳膊长从桌子上拿起盘子让大家轮流取，始终没离开她坐的那个小木凳。

"你们这群孩子要么别吵，要么就出去。"泰迪对他们说道。

"把布罗迪小姐带来喝茶吧。"狄亚德拉对桑蒂说。

"她不会来的，"泰迪说，"她会来吗，桑蒂?"

"她太忙了。"桑蒂说。

"把烟给我。"狄亚德拉说。

"她还在照顾娄赛吗?"泰迪问。

"啊，是的，有时——"

"娄赛肯定有他自己对付女人的办法，"泰迪挥着手说，"他把学校一半的女教员都弄去照顾他了。他为什么不雇个管家? 他有的是钱，没老婆，没孩子，又不用交房租，那是他自己的房子。他为什么不请个管家?"

"我看他喜欢布罗迪小姐。"桑蒂说。

"可她又看上他哪一点了呢?"

"他给她唱歌。"桑蒂说。她突然变得刻薄起来。

狄亚德拉笑了。"我看布罗迪小姐有点儿怪。她多大了?"

"吉恩·布罗迪小姐，"泰迪说，"是个处在事业鼎盛时期的了不起的女人。"他站起来甩甩那绺头发出去了。

狄亚德拉若有所思地喷出一口烟，把烟捻灭。桑蒂说她该走了。

这两年娄赛先生让布罗迪小姐费了不少心。有的时候他似乎想娶艾利森·克，有的时候又好像更喜欢艾伦，而自始至终他又在爱着布罗迪小姐；可她除了与他共眠一枕与照顾他以外，一直拒绝嫁给他。

他已经厌恶食物了，因为他不仅吃胖了，而且容易疲倦，还在渐渐失去优美的歌喉。他想要的是能陪他打高尔夫球和听他唱歌的妻子。他希望在伊格的赫布里底岛度蜜月，然后带着新娘回克莱蒙德。

他正被扰得心烦意乱的时候，又发生了艾伦·克在他那张双人床的枕头底下发现一件好睡衣的事。更糟糕的是，他恰恰诞生在这张床上。

布罗迪小姐仍旧在拒绝他。他已经从唱诗班领队和长老的职位上退了下来，因而一直郁郁寡欢。姑娘们认为，他这么恺郁一定是因为他常常觉得布罗迪小姐可能嫌他的腿太短，从而他渴望能有泰迪·劳埃德那样的两条长腿。

这几年布罗迪帮成员从十三岁长到十四岁，又从十四岁长到十五岁，布罗迪小姐拐弯抹角地把他们大部分的事告诉了她们。然而即使是说一半留一半，她也没有把她与音乐老师同床的事告诉她们，因为她仍在对她们进行试探，看究竟谁最可靠，这就是她的处世方法。她不愿意引起她帮里成员的家长们的任何怀疑。布罗迪小姐一贯注意给她们的家长们留下好印象，并赢得他们的认可与感激之情，所以对她们透露哪些消息是根据当时的利害关系而定的。现在，她正在她们中间物色一个可以无所不谈的女孩子，她必须善于观察事物而不轻易发表看法，她必须做到为能进一步取得布罗迪小姐的信任而不背叛已经得到的信任。出于需要，她只能选一个这样的女孩子，两个就会有危险。布罗迪小姐精明地把注意力集中到了桑蒂身上，然而，即使这样，在当时她谈的也还不是她自己的私事。

一九三五年夏天，因为要庆贺英国国王银婚纪念，全校学生都必须佩戴别着红白蓝三色丝带的玫瑰花饰。罗丝·斯坦利把她的花饰丢了，她说可能忘在了泰迪·劳埃德的画室里。这件事发生在桑蒂那次访问美术老师之后不久。

"暑假你有什么打算，罗丝？"布罗迪小姐问。

"我爸爸要带我去高地住两个星期，回来以后就不知道了。我想我要让劳埃德先生给我画像。"

"好的。"布罗迪小姐说。

暑假以后布罗迪小姐开始对桑蒂推心置腹地谈话了。在初秋的阳光下，她们课后去打高尔夫球。

"我的雄心壮志，"布罗迪小姐说，"都寄托在你和罗丝身上了。你不要对别的女孩们说，她们会嫉妒的。我对珍妮曾抱有希望，她长得美，可她现在变得那么乏味，你没看出来吗？"

这个问题提得好，因为这与桑蒂心中已经存在的想法吻合了。在过去的一年里，她和珍妮在一起时觉得挺没意思，所以她感到很孤独。

"你没看出来吗？"布罗迪小姐看着桑蒂又问了一遍，她正要把球打出沙坑。桑蒂说："有那么一点儿。"说完她用九号铁杆击了一下球，可是球落地后又向后转了半圈。

"我也对尤妮丝抱过希望，"布罗迪小姐过了片刻说，"可她好像对跟她一块儿游泳的男孩子很感兴趣。"

桑蒂还是没把球打出沙坑。每当布罗迪小姐讲到将来的打算时，要跟上她的思路是很费劲的，你必须耐心地等着，看她下一步要说什么。桑蒂抬头看了看。布罗迪小姐站在沙坑高处的边上，这个沙坑本身也位于这个高低不平的高尔夫球场的一个高处。她穿着一身灰蓝色花呢套裙，皮肤在埃及时被太阳晒得黝黑，看上去颇惹人喜爱。她说话时凝视着爱丁堡方向。

桑蒂把球击出沙坑。布罗迪小姐说："尤妮丝会安定下来嫁给一个有专业特长的人。我对她的帮助可不小。玛利，对了，玛利。我对她可从来不抱任何希望。你们小的时候我曾想玛利可能是个人物，只不过有点忧郁。可她真是个不争气的女孩儿。我宁可和淘气鬼打交道也不愿搭理一个傻瓜。莫尼卡会以优异成绩取得理科学士学位，对此我不怀疑。可她缺乏精神上的悟性，当然，这也许正是——"

布罗迪小姐没再往下说，因为该她击球了。她目测好距离猛地把球打了出去，球出了沙坑。"这也许正是她脾气坏的缘故。她除了图表和数学公式以外一无所知。没有什么比一个人缺乏精神悟性更让人恼火的了。桑蒂，这就是为什么穆斯林们那么平静温和。他们是富于精神悟性的人。我在埃及的那个旅行向导就不只把星期五看成礼拜日。'天天都是礼拜日。'他对我说。我想他的造诣很深，而我却很浅薄。回来之前我们已经说过再见了，可天哪，你瞧怎么着，我都坐在火车车厢里了，他却顺着站台走过来送我一束花。他具有真正的尊严。桑蒂，你要是老那么窝着胸挥杆，那你永远也打不好。要胸部挺起，腰部弯曲。他是个了不起的人，事业心很强。"

她们拾起球走到下一个发球区。"你和洛克哈特小姐一起打过球吗？"桑蒂问。

"她打高尔夫吗？"

"打，还打得挺好。"一个星期六上午，桑蒂在高尔夫球场意外地碰见这位化学教员和戈登·娄赛一起打球。

"好球，桑蒂。我对洛克哈特小姐了解得不多，"布罗迪小姐说，"我看她不过是个只会跟瓶子和气体打交道的人。她们这些中学部的女人们，都是些粗俗的实利主义者，她们都属于费边社①，都是和平主义者。娄赛先生、劳埃德先生和我并不把小学部那群没有受过什么教育、心胸狭隘的人放在眼里，然而她们中学部这些人是我们所要反对的。桑蒂，我敢发誓你的眼睛近视。

---

① 19世纪末由英国资产阶级知识分子组成的一个政治团体，主张资产阶级改良主义。

瞧你看人的那种样子。你必须去配副眼镜。"

"我不近视,"桑蒂说,"只不过有点儿像近视罢了。"

"别这么烦躁,"布罗迪小姐说,"你知道吗,桑蒂,宝贝儿,我的雄心壮志全都寄托在你和罗丝身上了。你有悟性,也许还不很属于精神的,可你的悟性高。罗丝有直觉,她有直觉。"

"恐怕也不很属于精神吧。"桑蒂说。

"是的,"布罗迪小姐说,"你说得对。罗丝靠她有直觉的长处会有前途的。"

"她有坐着让别人画像的直觉。"桑蒂说。

"这就是我说的你的悟性,"布罗迪小姐说,"我当然明白这一点,因为我的盛年既使我有直觉,又使我有悟性。我两者兼有。"

为了充分思考一下自己的情况,桑蒂要去圣盖尔斯教堂或者托罗布斯教堂外边待一会儿。那黑糊糊的雕塑上基督救世图的图案叫人害怕。与那些图案相比,人们想象中那受诅咒的人饱尝煎熬的烈火反而显得欢快些。在她的生活中,不论是在家里还是在学校,没有任何人提到过基督教加尔文宗①,只有一次开玩笑时她才听说了该宗派,并且对它进行了认真的思考。她那时并不明白表面上她所处的环境与地点是没有关系的,它不因地点不同而带有特殊性。无论是比她高的阶级的人还是比她低的阶级的人,情况都一样。她根本不懂阶级是怎么回事。从形式上讲,她这十五年可能在英伦三岛任何一座城市的近郊居住,正如她的学

---

① 加尔文宗,亦称"归正宗""长老宗",基督教新教主要宗派之一,是以加尔文的宗教思想为依据的各个教会的统称。

校那样有对立校舍制度的学校可能是在伊灵，也可能是在别的地方。她只明白一点：只有爱丁堡才有而别的地方都不具有的特殊生活在她没有察觉的情况下一直存在着，无论这种生活多么叫人不愉快；她觉得自己被剥夺了在这种生活里生活的权利，无论它多么叫人不愉快；她迫切地想弄清楚这种生活的真实内容，并且不想再由别的什么开明人士来保护自己。

事实上，桑蒂感到被剥夺了的是加尔文宗，抑或说是对该宗透彻的认识。她渴望得到这与生俱来的权利，可是她又一直在拒绝这一权利。加尔文宗遍及爱丁堡，但又得不到承认。从某些方面来看，在桑蒂所认识的人里，高恩特小姐和克家姐妹才是最现实也是最脚踏实地的信徒。她们不回避她们相信加尔文教义。相信上帝在人们出生之前就已经为他们做好的安排，让他们在撒手人寰之前都要遭到难以应付的意外。后来当桑蒂读到约翰·加尔文的书籍时，她发现加尔文的教义有些是错误的，但在这一点上他并没有错。说实在的，他对这一问题的看法并不那么容易让人接受。他认为，上帝很乐意使一些人既贪图享乐又强烈希望得救，为的是使他们在离开尘世以前遭到更大的不幸。

桑蒂没有能力将这些令人激动的见解理出头绪来，可她却从她呼吸的空气中体验到了这些见解的实质。她体验到有些她认识的人以难以理喻的方式违抗上帝的旨意，她从布罗迪小姐的过分行为中嗅到了这一点。现在家里已经允许她独自外出，她便来到爱丁堡一些过去不许她涉足的地方，参观那些已经发黑的纪念碑，听听烂醉如泥的男男女女们不堪入耳的咒骂。带着刚刚萌生、令人兴奋的加尔文主义的内疚，她把他们的面孔与她所熟悉的住在莫宁塞德和莫切斯顿的人的面孔做了比较，发现它们并没有什么两样。

在这种不平衡的心态下，她开始设法弄清楚到底是什么原因使得布罗迪小姐选择了她作为心腹并给她如此独特的待遇，这种待遇使她觉得如同被请去像老处女一样地喝酒，一方面已经不能再喝，一方面又感到一种异乎寻常的自杀式的陶醉。

显而易见，布罗迪小姐让富有直觉的罗丝成为泰迪·劳埃德的情人，而让她，桑蒂，以她的悟性为她提供有关这件事的情况。正是出于这一目的，罗丝和桑蒂才被选为人杰中之人杰。桑蒂这一看法像一股硫磺气在她心中翻腾。可这毕竟只是一种想法而已。不必着慌，因为布罗迪小姐喜欢用她那不慌不忙的方式实现自己的计划。她把实施计划之前的准备当成一种乐趣。再者，即使桑蒂也像她一样明白这些计划还不能开始实行，因为这两个女孩年龄还太小。即便她们到了十六岁，布罗迪小姐也只能对帮里成员简单地说："桑蒂将成为一名优秀的情报部门的特工人员。"而在只有桑蒂一个人时，她却说："罗丝将成为一个伟大的情人。她已超越了通常的道德准则，通常的道德准则不适合她。这件事不必让那些没有悟性的人知道，她们知道了没有好处。"

有一年多光景，桑蒂都在按布罗迪小姐的计划行事。她不断地去劳埃德家，并向布罗迪小姐汇报罗丝让劳埃德画像进展到了什么程度，哪些画像更像布罗迪小姐。

布罗迪小姐说："罗丝像 D.H. 劳伦斯小说里的一个主人公。

她有直觉。"

其实这位美术老师对罗丝的兴趣仅仅在于职业专长方面，因为她是个好模特儿；罗丝的直觉也不过使她对这一角色感到满意而已，事实上在这件事中与泰迪·劳埃德睡觉的是桑蒂，而传递消息的倒成了罗丝。

这些事很久以后才传出去。在此期间，布罗迪小姐没再去克莱蒙德找过娄赛先生。她花大量的时间与罗丝和桑蒂在一起讨论艺术，讨论坐在一位艺术家面前的感想，以及罗丝将来当模特儿的事。她们一致认为，罗丝必须认识她自己所具有的能力，这是她的天赋，她是一切规律中的例外，正是她这个例外证明了规律的存在。布罗迪小姐十分谨慎地把握说话的分寸，罗丝也只对布罗迪小姐的意思一知半解，因为在这个时期，如同桑蒂所了解的那样，罗丝凭着她的直觉，正在成为一些男生心目中的性感女郎。他们扶着自行车，在学校大门外很远的地方尴尬地等着她出来。罗丝近来在男孩子中间名声大噪，这也是她因性感而出名的唯一根据，而她自己则很少谈到性，更不要说沉迷于性了。她做每件事都凭直觉，连听布罗迪小姐讲话也一样，好像她对她讲的每个词都同意似的。

"当你长到十七八岁的时候，罗丝，就到了最能发挥你才能的时期了。"

"是的，老实说我也是这么想的，布罗迪小姐。"

泰迪·劳埃德对布罗迪小姐的痴情在他为布罗迪帮成员所作的画像上明显地表达出来。在一个夏季学期里，他给她们画了一幅集体画像。她们头戴巴拿马帽，帽子的戴法各有不同，每一顶帽子都是一件装饰品。他像给她们施了魔法，把罗丝、桑蒂、珍妮、玛利、莫尼卡和尤妮丝都变成了吉恩·布罗迪。最像布罗迪小姐的是罗丝，因为她是天生的模特儿。泰迪·劳埃德每让她坐着画一次便给她五先令，罗丝也觉得钱有用，因为她能经常去看电影了。

每当桑蒂看到布罗迪小姐对罗丝的看法一错再错，便觉得她非常亲切。只有在这种时候布罗迪小姐看上去才美丽而又脆弱，就像这座又阴暗又沉重的爱丁堡城一样，当天空呈现难得的银白色时，它便会在刹那间变成一座飘浮的城市，掉落在那条幽雅时髦的大街上。同样，当桑蒂看到布罗迪小姐那女人特有的愚蠢行为时，她那好为人师的品质就变得清晰可辨而且亲切可爱了。当时她因为布罗迪小姐的愚蠢才觉得她十分亲切，而在以后的年月里这种亲切感再也没有了。

无论如何，布罗迪小姐是这个帮的领袖，布罗迪小姐是一个具有罗马传统的女教员和一位教育改革者，这仍然是永远不变的事实。可是从学校的观点看，与她相处并不总那么自在舒服。她的这个帮，单从她们喜欢打高尔夫球而不喜欢打曲棍球或无板篮球——如果说她们还喜欢打什么球的话——便可看出她们缺乏集体主义精神。仅凭这一点就应该把她们分开，哪怕她们不把帽子顶弄凹，也不把帽子戴得东歪西斜的。这些姑娘根本不可能从这个帮里跳出去，因为在整个学校眼里她们就是布罗迪帮。名义上她们分别是霍利鲁德、麦尔罗丝、阿盖尔和比加楼舍的成员，可是人人都知道她们没有任何集体主义精神，她们根本不把自己所在的集体能不能夺标放在心上，她们的处境也不允许她们去关心。她们这种对集体漠不关心的态度业已成为一种惯例，并像整个楼舍制度一样受到尊重。就她们这方面来说，如果没有这种声名，这六个女孩子在她们十六岁进入中学四年级的时候就已经分道扬镳了。

但目前的状况是不可逆转的，因为她们为此做了大量工作，并保证使她们的状况受到别人的羡慕。人人都认为布罗迪帮的人比任何其他人都有更多的乐趣：她们到克莱蒙德访问，去泰迪·劳埃德的画室，去剧院，并去布罗迪小姐那里喝茶。事实上她们也确实比别人有更多的乐趣，布罗迪小姐甚至在非布罗迪帮的女孩子们心目中也是一位光彩照人的活跃人物。

在过去这些年里，布罗迪小姐与学校当局在教育管理制度问题上的争论有增无减，她让帮里的所有成员都在斗争进入关键时期时团结在她周围，并使她们明确认识到，这样做是她们义不容辞的责任。

在未来的日子里，她会发现她们放学后与学校大门外骑自行车的男孩子在一起闲聊，一见她过来，男孩子们便会跳上车飞也似的离开，而她们则会在第二天晚上被邀请去共进晚餐。

当和她们一同走到电车站时，她说："又有人说我应该到一所进步学校去谋职，也就是那种狂热学校。我不会去那种学校工作的。我要留在这所教育工厂里。我的责任在这里，这里的这块面团需要酵母。把一个处在可塑年龄的女孩子给我，那么她一辈子都是我的人。那帮反对我的人是不会成功的。"

"不会成功的，"每个成员都说，"是的，他们当然不会成功。"

校长一直没有放弃从布罗迪帮的女孩子们那里了解她们所知道的情况的企图。她灰心丧气时便对她们实行报复，当然是在公平合理的幌子下，不过这种情况并不多。

有一天布罗迪小姐说："他们要是不再设法让我放弃我的教育方针的话，就一定会对我进行人身攻击和诽谤。已经有种种迹象表明他们正利用我和可怜的娄赛先生的关系对我的人格进行攻击。这是不幸的，但是她们真的这么干了。正像你们知道的那样，我在娄赛先生的健康上花了不少心血。我喜欢娄赛先生，为什么不呢？我们难道不许互相喜欢吗？娄赛先生自己都说我是他最好的朋友，是他最知己的女友。我近来好像有点冷淡他了，可我仍然是他的一切。我只要伸伸小拇指他就会来到我身边。我们这种关系被歪曲了……"

布罗迪小姐怠慢这位音乐家已经有好几个月了，星期六下午她们不再去克莱蒙德。桑蒂估计布罗迪小姐不再和戈登·娄赛睡觉是因为她的性欲已经另有满足。罗丝已提前被定为泰迪·劳埃德的情人。"我去克莱蒙德照顾娄赛先生遭到了不少攻击和污蔑，"布罗迪小姐说，"可我会赢的。如果我愿意，我明天就和他结婚。"

就在她说完这一席话的第二天，《苏格兰人报》便不合时宜地登出了戈登·娄赛与化学教员洛克哈特小姐订婚的声明。这件事谁都没有料到，布罗迪小姐更为惊愕，并且在一个时期内受着极大的精神打击，她觉得自己被出卖了。但时隔不久她便恢复了常态，因为她真心钟爱的人是那个被她拒绝的泰迪·劳埃德，戈登·娄赛只不过对她有用罢了。在学期的最后一次聚会上，她在全校同仁送给他们两人的陶瓷茶具上签了名。娄赛先生在致辞里称大家为"你们这些姑娘们"，并不时羞涩地瞅着正在观看窗外云彩的布罗迪小姐。他还不时地看看未来的新娘。洛克哈特小姐和女校长站在大厅中央等他把话讲完，以便和他一同站到主席台上去。他和大家一样对洛克哈特抱有信心。她不仅会打一手漂亮的高尔夫球，会开汽车，还会用瓶子里的炮药把学校炸飞，尽管她从来没有想过要那么干。

布罗迪小姐那双褐色的眸子死死盯着浮云，此时的她看起来既漂亮又软弱。桑蒂突然想到，她拒绝泰迪·劳埃德可能仅仅是因为她深知自己无法永远保持这般的美貌。她可以具有美，也可以失去美。

第二个学期娄赛先生从伊格岛度蜜月回来以后，布罗迪小姐将她剩余的精力放在了具有悟性与直觉的桑蒂和罗丝的计划上面。这些剩余的精力是从她思考政治问题的精力中节省出来的。

6

女校长麦凯一刻也没有放松对布罗迪帮的盘问。她知道直来直去地问不会有什么结果，便采用迂回的办法，希望她们会中计，从而泄漏一些她可以用来逼布罗迪小姐退休的证据。每个学期她们几个都被请到麦凯小姐那里喝一次茶。

可是她们无论说什么都会把自己牵连进去。她们和布罗迪小姐的友谊已经有七年之久，这一关系已深入她们的骨髓，所以除非她们把自己的骨头拆散，这个团体是不会土崩瓦解的。

"你们还和布罗迪小姐在一起吗？"麦凯小姐问。她张大嘴巴笑着，露出了新安的假牙。

"啊，是的，经常……"

"啊，是的，有的时候……"

轮到桑蒂时，麦凯小姐神秘地对她说——她对待高班女孩子的态度是一律平等的，没有亲疏之分，也就是说，就像她们一律要穿校服一样——"亲爱的布罗迪小姐，她坐在榆树下面，对小学生们讲她那些生活中的动听故事。我知道，布罗迪小姐刚到学校的时候是一个精力旺盛的年轻教员，可是现在……"她摇摇头叹了口气。她有个习惯，好把一些充满智慧、家喻户晓的谚语用苏格兰话说出来以使它们更加充满智慧。她说："不能治愈便只好忍受。恐怕布罗迪小姐已经过了她的最好年华。我怀疑她今年教的班能不能通过结业考试。你不要以为我在批评布罗迪小姐。我敢肯定她喜欢喝点酒，不过这反正是她自己的事，只要不影响她的教学和你们这些女孩子就行。"

"她不喝酒，"桑蒂说，"只在她生日的时候喝点儿雪利酒，我们七个人才喝半瓶。"

显然喝酒是麦凯小姐想象出来用以攻击布罗迪小姐的证据。"是呀，我说的就是这个意思。"

布罗迪帮的姑娘们都已经十七岁了，她们已经能够不再把布罗迪小姐当老师来看待了。她们几个私下交换看法时不得不承认，作为一个女人，布罗迪小姐的确是了不起的。她两眼炯炯有神，鼻子高傲地挺着，头发仍是褐色，像女族长似的在颈后盘着。那位音乐老师与洛克哈特，现在的娄赛太太，生活在一起，也非常满足。娄赛太太已不在学校工作。娄赛每次见到布罗迪小姐，都要从姜黄色眉毛下用赞美的目光难为情地瞥她一眼，并勾起对往事的回忆。

布罗迪小姐的崇拜者中有一个叫乔伊斯·艾米丽·海蒙德。她的家长抱着最后一线希望把她送到布莱恩学校就读。由于被指控是个少年犯，她被迫从位于苏格兰与英格兰边界的好几所昂贵的学校退学。其实除了有那么一两次她向娄赛先生投纸飞机外，还没有发现她有什么别的越轨行为。她投飞机也只起到了伤害娄赛先生感情的作用。她坚持别人叫她乔伊斯·艾米丽。每天早晨一辆由私人司机驾驶的黑色大型小轿车把她送到学校，不过她回家时必须自己走。她住在爱丁堡近郊一栋带养马场的大房子里。

艾米丽富有的双亲为女儿申请暂缓穿校服，以便有时间为她定做一套。这么一来她穿的还是一身墨绿，而其他人都穿绛紫色校服。她夸口说她家的柜橱里挂着五套穿旧了的校服。此外她还有种种纪念品，如她亲手从一个女家庭教师头上剪下来的一大把头发，一个本属于名叫米奇小姐的家庭女教师的邮政储蓄存折和一个烧焦了的枕头套，另一个家庭女教师钱伯斯小姐枕着它睡觉时艾米丽把它点着了。

同学们虽然肯听她高谈阔论，但是总的来说人们对她并不欣赏，倒不是因为她穿着绿袜子和绿裙子，也不是因为她有擦得锃亮的小汽车和私人司机，而是因为生活已经让准备考试和夺取冠军的繁重工作塞得满满的了。乔伊斯·艾米丽一心想加入布罗迪帮，因为她注意到了她们的独立性。然而没有比布罗迪帮更不想要她的了。因为除了玛利·麦克格里戈以外，帮里的成员都是学校最聪明的。正因为如此她们在一定程度上成了麦凯小姐企图将布罗迪小姐赶出学校这一努力的绊脚石。

布罗迪帮还有一些帮外的活动。尤妮丝有一个男朋友，她和他一起练习游泳和跳水。莫尼卡和玛利·麦克格里戈拿着大包的食物走访贫民区。据说玛利常常不停地问些傻问题，如"他们为什么不吃蛋糕"（事实是这样的，当她听说人们抱怨肥皂太贵的时候问道："他们为什么不把衣服送到洗衣店去洗？"）。珍妮已经在演剧方面显露了天才，她整天在学校戏剧团里排练。罗丝为泰迪·劳埃德当模特儿，桑蒂偶尔与她同去画室，但总是在一旁细心观察。有时她异想天开地琢磨能不能用她那双小眼睛趾高气扬地盯着泰迪·劳埃德，以引诱他再吻她一次。除此以外，她们放学以后时常三三两两地和布罗迪小姐见面，有的时候全体一块儿去。是一九三七年？这一年布罗迪小姐格外注意培养罗丝，并时常询问桑蒂有关罗丝与美术老师之间的爱情及进展情况。

正是因为这个缘故，她们没有时间和一个少年犯多交往。艾米丽的父母靠他们的影响把女儿硬塞给这所学校。其实她只不过是个徒有其名的少年犯，然而布罗迪小姐总是想办法挤出时间来帮助她。布罗迪小姐的姑娘们对此有些不满，可当她们发现她们没有必要和她做伴时也就放心了，因为布罗迪小姐总是带她单独去看戏或去家里喝茶。

乔伊斯·艾米丽夸口的另一个资本是她那个在牛津的哥哥参加了西班牙内战，她这个长得黑黑的野性十足的女娃也想穿白上衣黑裙子扛起枪到西班牙去打仗。但并没有人拿她的话当真。西班牙那场战争只是校外报纸上关心的事，在学校里也只是每月一次开辩论会时的话题。如果说人们有什么看法的话，包括艾米丽在内，那就是她们都反对佛朗哥。

有这么一天，人们忽然发现乔伊斯·艾米丽有几天没来上学，不久她的桌子上也有了新主人。直到六个星期以后人们才知道她已经走了，据说她从家里逃跑去了西班牙，她坐的火车遭到袭击，她也在袭击中丧生。学校为她举行了简单的悼念仪式。

玛利当了速记打字员，珍妮上了戏剧学校。中学的最后一年里布罗迪帮只剩下四名成员了。到了中学六年级，好像已经不是在上学了，她们有了更多自行支配的时间，常听讲座，走出校门去图书馆 ① 查资料对她们来说也是稀松平常。人们向她们征求意见，听取她们的建议，使她们觉得如果愿意的话，她们就能管理这所学校。

尤妮丝打算学现代语言，但一年以后变了主意当了护士。莫尼卡注定要搞科学，桑蒂搞心理学。罗丝还没有定下来干什么，这倒不是出于实用主义的目的，而是因为她父亲认为她应该充分利用她所受的教育，哪怕充其量她只能上个艺术学校，甚至往最坏处打算，当个画家或者服装设计师的模特。罗丝的父亲在她生活中的作用举足轻重。他是鳏夫，大个头，他所具备的男性美与罗丝的女性美一样出众。他自豪地称自己为皮匠，也就是说，他是个有大量资本的皮鞋商。几年前他见到布罗迪小姐时，和其他男人一样马上对她产生了男性的由衷崇拜。他并不认为她像人们说的那样是个古怪人。可她绝不考虑斯坦利先生，因为他根本不是她心目中的文化人。她认为他相当俗气，然而女孩子们则抱着内疚的心情喜欢上了罗丝的爸爸。罗丝毋庸置疑具有直觉，而且凭她的直觉从父亲那里继承了讲求实际和豁达欢快的俗气。她毕业不久便完美地结了婚。她摆脱了布罗迪小姐的影响，就像一条刚从水塘里爬上岸的狗甩掉身上的水一样。

布罗迪小姐没有预见到会有这样的结果。当时的罗丝绝对性感，是许多中学六年级和大学一年级学生死死追求的对象。布罗

---

① 指爱丁堡市图书馆。

迪小姐对桑蒂说："按照你对我讲的，我想罗丝和泰迪·劳埃德很快就会成为恋人。"此刻桑蒂才意识到布罗迪小姐从来没有把这当成儿戏，这不是一般说说就算了的空论。生活中有许多不现实的空谈和儿戏般的规划，例如对战争前景的评论以及其他一些理论，人们对待它们就像放飞一只鸽子一样轻而易举，可他们还对你说："是呀，当然啰，这是不可避免的嘛。"但是布罗迪小姐可不是在空谈理论，她是认真对待这件事的。桑蒂看着她，明白了眼前这个女人已经鬼迷心窍，这个鬼就是她需要罗丝与她自己所爱的人睡觉。她的这一主意已经不是什么新东西，陌生的是眼前的现实。她想起八年前坐在榆树下面听布罗迪小姐讲的她第一个淳朴的爱情故事，可现在她闹不清这些年里布罗迪小姐到底变了多少，变得有多么复杂，也不清楚她自己对变化了的布罗迪小姐的认识又变了多少。

在过去一年里，桑蒂继续到劳埃德家里去。她与狄亚德拉一同买东西，还给自己织了件狄亚德拉穿的那样的裙子。她倾听他们的谈话，同时通过种种迹象推断他们的心灵，就像一些刚读了几本心理学书的年轻人听没有读过这些书的老者讲话一样。有的时候当罗丝裸体让美术老师作画时，桑蒂就坐在画家和他的模特旁边。她默不作声地看着画布上肉体的变化。它本应是个无名氏的裸体画，可是它既像罗丝又像布罗迪小姐。桑蒂开始对这位画家的思想产生极大的兴趣。他的心竟是如此地为布罗迪小姐所占据，而且还从不认为她古怪。

"按照你所讲的，我想罗丝和泰迪·劳埃德很快就会成为恋人。"桑蒂意识到布罗迪小姐是认真的。她不厌其烦地对布罗迪小姐说那些画何等像她，因为布罗迪小姐最爱听这些话，而且听起来没个够。她说泰迪·劳埃德想放弃教书筹备画展。他受到画界人士的支持，但一想起自己那一大家子人便泄了气。

"我是他的缪斯，"布罗迪小姐说，"可是我拒绝了他的爱，为的是在我事业的辉煌时期献身于我所培养的姑娘们。我是他的缪斯，但是罗丝将会代替我。"

桑蒂想，她以为她就是天意，她就是加尔文的上帝，她预见到了太初与终结。桑蒂还想，这个女人是个无意识的女同性恋者，许多心理学上的理论都能把布罗迪小姐归纳在内，却不能把她的形象从独臂泰迪·劳埃德的画布上抹去。

桑蒂当修女以后，布罗迪帮成员时而会来看她，因为这也是件令人挂心的事。她写了那本关于心理学的书，致使许多人愿意前来访问一位修女。这种访问让人觉得有一种精神上的快慰，回家时便会有被净化了的感觉，尤其是在访问过一个用手抓住窗户栏杆的修女之后。罗丝也来看桑蒂了，这是她结婚以后第一次见到桑蒂。她的丈夫是个事业相当成功的商人，他从事罐头买卖和开办商业银行等好几种生意。她们又谈起了布罗迪小姐。

"关于忠于事业她谈得很多，"罗丝说，"可她说的不是你这种忠于事业的做法。你难道不认为在某一方面来说，她对她的学生们是全心全意的吗？"

"啊，是全心全意的，我想是的。"桑蒂说。

"那她为什么被赶走了？"罗丝问，"是性关系问题吗？"

"不是，是政治问题。"

"我还不知道她参与了政治。"

"政治只是次要的，"桑蒂说，"但是可以作为一种借口。"

莫尼卡来看桑蒂了，她的生活遇到了危机。她和一个科学家结了婚，有一次她盛怒之下把一块燃着的煤扔到了她丈夫的妹妹身上，因此那位科学家要求与她永远分居。

"对这类事情我没有什么办法。"桑蒂说。其实莫尼卡并没有让桑蒂帮什么忙，因为她和桑蒂是老朋友了，而老朋友从来是难以提供什么帮助的。因此她们又谈到了布罗迪小姐。

"她到头来促成罗丝和泰迪·劳埃德同居了吗？"莫尼卡问。

"没有。"桑蒂说。

"她本人爱泰迪·劳埃德吗？"

"爱，"桑蒂说，"他也爱她。"

"这么说还真有点儿自我克制呢。"莫尼卡说。

"没错，"桑蒂说，"可话又说回来，她毕竟是个处在事业顶峰的女人。"

"从前你认为她所谈的自我克制只不过是开玩笑而已。"莫尼卡说。

"你不也是这么认为的吗？"桑蒂说。

一九三八年夏天，布罗迪帮最后一个成员离开布莱恩以后，布罗迪小姐去了德国和奥地利。这期间桑蒂读了有关心理学的书籍并去劳埃德家让他给她画像，罗丝偶尔也和她做伴。

狄亚德拉带着孩子们回乡下去了，劳埃德留在爱丁堡，因为他要给艺术学校暑期班讲课。桑蒂继续每周两次让他画像，罗丝有时来陪她，有时不来。

一天只有他们两人在一起，桑蒂用带敲诈和傲慢的眼神盯着他。泰迪·劳埃德说他所有的画像，甚至包括他那个最小的孩子的，现在都越来越像布罗迪小姐了。他像三年前她十五岁时那样吻了她。在那个暑假的五个星期里，她觉得过得最痛快的是和他在一间空屋子里做爱。平时，除了给罗丝开门以外，他们总是听任门铃响个不停。

在这期间他画得很少。她说："你把我也画得像吉恩·布罗迪了。"于是他便在新画布上再画，然而结果还是一样。

她问道："你为什么老让那个女人迷着你？你不认为她这个人很古怪吗？"

他说，是的，他知道吉恩·布罗迪古怪。他问她能不能别再分析他的内心世界，这对于一个十八岁的女孩子来说太不正常了。

九月的一天，布罗迪小姐打电话约桑蒂去见她。她已经从德国和奥地利回来了，她说目前那两个国家组织管理得极好。战争结束以后，当她俩坐在布雷德山饭店里的时候，布罗迪小姐承认说："希特勒相当不老实。"可是目前这个时候，她满脑子装的都是旅行见闻，并深信那个新政权将拯救全世界。桑蒂有些不耐烦了，在她看来世界没有必要让谁来拯救，只有爱丁堡街上的穷人需要救济。布罗迪小姐说不会再有战争了，但桑蒂却从不那么想。布罗迪小姐回到了正题。

"罗丝说你成了他的情人。"

"是的。我们俩谁成为他的情人有什么关系吗?"

"到底是什么把你迷住了?"布罗迪小姐用十分明显的苏格兰口音说道,好像桑蒂把整整一磅橘子酱白白送给了一个英格兰爵士一样。

"他使我感兴趣。"桑蒂说。

"他使你感兴趣,可真有意思,"布罗迪小姐说,"一个有心计的女孩子,一个有悟性的女孩子。他是罗马天主教徒,我不知道你怎么能和一个不会独立思考的人相爱。罗丝有直觉,可是没有悟性。"

泰迪·劳埃德继续一幅幅地重复画着吉恩·布罗迪。"你这个人有直觉,"桑蒂对他说,"可是你没有悟性,要不然你就会明白对那个女人是不能认真的。"

"我知道不能太认真,"他说,"不过就你的年龄来说你也太好分析别人、太惹人生气了。"

他那一家人全都回来了,他们再见面的时候便充满了危险和兴奋。她越是见他还在爱着吉恩·布罗迪,便越想知道他爱那女人的那颗心。到了年底她意外地发现自己已经失去了对他的兴趣,但是对他思想的兴趣仍没有减退。她从他的思想和其他方面的表现提炼出了他的信仰,就像从骨头里榨出骨髓一样。他的思想里充满了他的信仰,如同夜空里充满了已知和未知的东西。于是她就带着那个男人的信仰离开他去当修女了。

可是就在那年秋天,她带着对他那颗心——那颗把画布上的人变成一个又一个布罗迪小姐的心——的探索，与布罗迪小姐见了几次面。头一次见面时，布罗迪小姐只是说桑蒂可以不再当她与美术老师的联系人了，后来见面时她总是感到十分欣喜，再以后她则要求桑蒂讲出她并不知道的细节。

"他的画像还像我吗？"布罗迪小姐问。

"像，很像。"桑蒂说。

"这么说一切都还好。"布罗迪小姐说。"桑蒂呀，"她说，"到头来是你注定成了一个伟大的情人，尽管我从来没有这么想过。事实比杜撰更离奇。我本想让罗丝撰他好，这一点我承认。有的时候我很后悔，不该鼓动小乔伊斯·艾米丽到西班牙去替佛朗哥打仗。要是她没有去的话，她准能让他倾心。一个有直觉的姑娘，一个……"

"她是去替佛朗哥打仗吗？"桑蒂问。

"是那么打算的。是我使她下定决心的。她根本没有得到打仗的机会，可怜的姑娘。"

那年秋天女校长约桑蒂回校见面。校长看着眼前这个眼睛细小、难以对付的毕业生说："但愿你还能见到布罗迪小姐。但愿你没有把老朋友忘了。"

"我见过她一两次。"桑蒂说。

"只怕她往你们的小脑袋里灌输了不少想法。"麦凯小姐说话时眼睛有意识地眨了眨，意思是既然桑蒂已经离开了学校，她们就可以公开谈论布罗迪小姐的事了。

"是的，灌了不少想法。"桑蒂说。

"我想知道都是些什么。"麦凯小姐说。她有些消沉和忧虑不安。"因为那种情况还在继续，一个班接一个班。现在她又组织了一个新帮，他们和学校其他人一点儿也不合拍，又一个布罗迪帮。她们成熟得过早，你明白我的意思吗？"

"明白，"桑蒂说，"你不可能用性的问题压垮她。你想过政治问题没有？"

麦凯小姐把椅子挪了挪，与桑蒂面对面坐了下来。这可是件大事。

"亲爱的，"她说，"你是什么意思？我怎么不知道她还喜欢政治。"

"她并不喜欢政治，"桑蒂说，"只是捎带着对政治感点兴趣。她是个天生的法西斯，你考虑过吗？"

"我要问问她的学生，桑蒂，看看她们说的和你说的一样不一样。我根本不知道你对世界局势那么关注，桑蒂，我真高兴……"

"我并不是真对世界局势感兴趣，"桑蒂说，"只是不想让布罗迪小姐再那么干下去了。"

这位校长在时机成熟时对布罗迪小姐说："布罗迪小姐，这个消息可是你那个帮里一个姑娘说的。"尽管她知道这样做会使桑蒂很生气。

这年年底，桑蒂就要离开爱丁堡，临行前她去和劳埃德一家告别，在画室她看着那些画，知道自己未能阻止劳埃德先生继续画布罗迪小姐。她祝贺泰迪·劳埃德有这么个省时省力的作画方法，他也为她会走捷径表示祝贺。狄亚德拉瞅着他们，不知所云。桑蒂想，如果他知道我已阻止布罗迪小姐继续那么做，那他更加认为我会走捷径了。她已经接受了基督教的道德标准，保证比约翰·诺克斯更虔诚。

一九三九年夏季学期结束的时候，布罗迪小姐终于被迫退休了，理由是她一直在教授法西斯主义。桑蒂得知这一消息后，想到的是墙上那张黑衫党党徒的队伍威武前进时的照片。然而在她皈依了天主教以后，她在教徒中间发现了不少法西斯分子，这些人甚至比布罗迪小姐更不通情理。

"当然，"布罗迪小姐在退休以后给桑蒂写信说，"这个政治问题只是个借口。他们曾经试图从我个人的道德品行方面来攻击我，可是失败了。我的这几个女孩子对这方面的事一直守口如瓶。我在事业全盛时期实施的教育方针已臻完善。他们所反对的正是我的教育方针。你知道我对我的学生是全心全意的。可他们却把政治问题当成武器。最使我痛心和最使我困惑不解的是，如果麦凯小姐的话是真的，是我自己这个帮里的人背叛了我，致使他们开始了全面的调查和询问。

"你一定会感到很吃惊。我之所以能如实告诉你这一切，是由于我最不怀疑你，因为你没有背叛我的理由。我首先想到的是玛利·麦克格里戈。也许玛利那个笨蛋对我产生了不满——她简直是个不可救药的人。也可能是罗丝，她对我先和劳埃德先生相爱很不满意。尤妮丝——我不认为是尤妮丝，尽管我的确常常不留情面地批评她，嫌她的想法太俗。她想当女童子军，你还记得吧。她是个有集体主义精神的人——莫非尤妮丝产生了妒忌心？还有珍妮。你了解珍妮，知道她是怎样离开这个帮的。自从她有了当演员的想法后就完全变了样，变得乏味了。你可能还记得我曾经说她永远也成不了费伊·康普顿①，更别说西比尔·桑代克了。她会不会太把我的话放在心上了？最后是莫尼卡，我不太怀疑她，因为她那个头脑里不存在什么精神，也可能是由于她与真善美无缘而恼羞成怒，一气之下背叛了我。

"你呢，桑蒂，你知道我是把你排除在怀疑对象之外的。你无论如何没有理由背叛我。事实上你从我这里得到的最多，最受我信任。同时，你从我所爱的人那里得到的也最多。想想吧，如果你能帮我的话，想想是谁。我必须弄清楚是你们哪一个背叛了我……"

桑蒂的回答听起来像大主教的话，神秘莫测："如果你不背叛我们，我们就不可能有人背叛你。'背叛'这个词不能这么用……"

玛利·麦克格里戈死后，布罗迪小姐把这个消息告诉了桑蒂。玛利在旅馆那场大火中东奔西跑，终究没能逃出来。"如果那场大火是对可怜的玛利的背叛行为的惩罚，那绝不是我所希望的……"

"只怕布罗迪小姐事业的全盛期已经过了吧，"珍妮写道，"她一直想知道是谁背叛了她，这可不像从前那个布罗迪小姐，

---

① 费伊·康普顿（Fay Compton, 1894—1978），英国女演员，曾出演《吉卜赛之恋》等影片。

那个时候她总是那么精神抖擞、充满战斗性。"

她去世后，她的名字与对她的记忆像夏天的燕子一样在她们嘴上飞来飞去，可冬天一到它们便飞走了，因为那所修道院深居乡下，布罗迪帮的人只能在夏天去看桑蒂。

珍妮来看桑蒂的时候，桑蒂已经有了基督变容会海伦娜修女的头衔。她告诉桑蒂，在罗马她突然爱上了一个男人，但这种关系根本不能进行下去。"布罗迪小姐准喜欢听这样的事，"她说，"像她那样的罪人。"

"啊，她有她的清白。"桑蒂抓着窗栏杆说。

尤妮丝来的时候对桑蒂说："去年我们去爱丁堡艺术节了。我找到了布罗迪小姐的坟墓，给她献了花。我对我丈夫讲了她所有的故事，比如说咱们在榆树底下上课和其他的事情。他说她可是个了不起的人，也是个有趣的人。"

"是的，你要是认真想想，她的确是的。"

"不错，"尤妮丝说，"在她事业的顶峰。"

莫尼卡又来了。"布罗迪小姐去世以前，"她说，"认为是你背叛了她。"

"只有当忠诚完结时才有可能背叛。"桑蒂说。

"那，你是说你对布罗迪小姐的忠诚已经完结了吗？"

"只是从某一方面讲。"桑蒂说。

再有就是那天那个爱提问题的人，他来见桑蒂是为了她写的那篇文章，那篇与一般的心理学著作不同的文章：《凡人变容》。那篇文章引来了大批来访者，使桑蒂把窗户栏杆抓得更紧了。

"你上学的时候对你影响最大的是什么呢，海伦娜修女？书本，政治，个人，还是加尔文主义？"

桑蒂说："是一位踌躇满志、事业正值全盛时期的吉恩·布罗迪小姐。"